그는
사랑했습니다

그는 사랑했습니다

유희란 소설집

아시아

차례

괜찮냐고 대답한다 • 7

그 한 가지 • 41

그는 사랑했습니다 • 73

사소한 일 • 159

천 개의 마리오네트 • 193

어제의 눈물, 그로부터 • 227

발문 · 상처와 슬픔을 사색하는 시간 (장두영 문학평론가) • 257

작가의 말 • 273

괜찮다고 대답한다

입사 기념으로 선물받은 재킷을 버렸다. 현관 신발장의 가장 아래 칸 언제나 그 자리에 있던 앵클부츠도 버렸다. 희망퇴직을 신청한 날이었고 하필이면 아내가 직원 할인을 받아 벽에 거치대가 있는 청소기를 사기로 한 날이었다. 모델 결정했어? 나는 아내에게 그렇게 물었을 뿐이지만, 한동안은 직원 할인이 가능하더라는 지난주 퇴직한 동료의 말을 떠올리고 있었다.

불황에 가전제품의 판매가 감소하자 회사는 매장 수를 급격하게 줄였다. 작은 규모의 지방지점은 물론 서울과 경기권의 대형매장도 예외가 없었다. 내가 속해 있던 생산설비 쪽은 판매라인보다도 먼저 구조조정 바람의 중심이 되었기 때문에 토네이도가 휩쓸고 간 마을처럼 짐이 빠져나간 업무 부서 곳곳이 이미 폐허가 되어 있었다. 살아남은 사람들조차 짐을 옮길 곳이 없어 한동안 우왕좌왕해야만 했고 그러는 사이 희망퇴직 신청이 늘었다.

할인율을 물어보는 아내에게 알아보겠다고 말하고는 지하철 개찰구를 빠져나갔다. 마지막 퇴근길이었다. 앞서 걷는 사람들의 뒷모습을 보다가 유독 한 남자의 재킷에 눈길이 머물렀다. 잘 입던 옷이었다. 낡고 해어질 때까지 두지 말고 누군가 입을 수 있을 때 버리기로 했다. 버리기 전에는 무심하게 꺼내 입던 옷이어서 색상이며 디자인이 어땠는지 선명하게 알지 못했다. 칼라에 한 땀 한 땀 직접 손으로 뜬 선이 보였고 버튼 두 개가 달린 싱글 기본 재킷이었다. 쓰레기봉투에 넣은 게 아니라 초록색 수거함에 넣었으니 엄밀하게 말하면 버린 게 아니라 맡기는 일이었다. 누군가 입게 될지도 모르고 어디선가 라벨 달린 채 팔려나갈지도 모를 일이라고 생각하니 아쉬움이 덜했다. 검은색이어서 경조사 때면 늘 입었던 것 같다. 사 년 전 상견례를 할 때도 입고 조카들 결혼식에도 입고 예의를 차려야 하는 자리는 물론 아내와 모처럼 근사한 식당에 갈 때도 입었다. 언젠가 혼용률을 살펴보던 아내는 캐시미어가 한 자릿수로 조금 섞였는데도 고급스러운 광택이 있다면서 데

이트 갈 때면 재킷을 들고 뒤에서 기다렸다. 팔을 소매통에 낄 수 있도록 잡아주기 위해서였다.

버렸다기보다는 잃어버린 기분을 떨치기 어려워 현관에서 서성거리다 이번에는 신발장에 있는 부츠를 가지고 나갔다. 엘리베이터 안에서, 아파트 일 층 현관을 나서면서 초록색 수거함 앞에서 몇 번이고 돌아서려고 했다. 떨어지지 않는 발걸음을 떼듯이 팔을 뻗어 수거용 박스에 밀어 넣었다. 누군가 종이가방째 뭘 버렸는지 부츠가 바닥으로 떨어지며 종이 구겨지는 소리가 들렸다. 돌아서자마자 떠올리며 후회했다. 고급 양가죽 소재가 얼마나 편했는지 발목까지 감싸는 부드러운 기모의 느낌이 얼마나 따뜻했는지를 기억했다. 하지만 찾으러 나가지는 않았다.

헬리콥터 소리 같아. 과장이 심하네. 경운기 소리면 몰라도. 아내와 밤마다 이런 대화를 나눈다. 들숨은 가늘고 길게 음을 높여가다 날숨은 깊은 한숨을 몰아쉬듯 어머니는 코를 골고 있다. 어머니가 방에서 넘어져 응급실에 실려 갔다 온 이후로 무슨 일이 일어나더라도 빨리 들을 수 있도록 어머니가 자는 방의 문을 열어둔 채 밤을 보낸다.

이 소리는 중랑구 면목동에서 양 영자 씨가 박 남기 씨를 깨우는 소리입니다. 언젠가 어머니 코 고는 소리를 듣고 있다가 내가 말했다. 그러자 아내가 말을 이었다. 이 소리는 양 영자 씨가 강 우주 씨 잠들지 않도록 주문을 거는 소리입니다. 나는 그냥 속상한 마음을 그렇게나마 표현한 거였는데 아내는 아마도 나를 배려해서 한 말이었을 거다. 모래를 쓸고 가던 파도 부서지는 소리 같아. 바람 빠진 타이어가 바닥에 부딪는 소리 같기도 해. 이런저런 소리를 떠올리려 하다 코 고는 소리에 묻혀 결국 떠오르지 않게 되었어도 나는 계속 말했다. 신혼 무렵 방귀를 트기 전에 너무 크게 방귀를 뀌고서는 들었냐며 목소리마저 높여 묻던 그 순간에 그랬던 것처럼, 명랑하게. 나와 아내는 밤마다 술잔을 돌리듯 주거니 받거니 이야기를 나누다 진짜 알코올이 필요한 순간이 오면 주방으로 나갔다.

고라니가 친구를 부르는 소리 같아. 어떻게 알아? 들은 적 있는데 분명 목청 높여 친구를 부르는 소리였어. 혼자 떨어져 있을 때만 그런 소리를 냈거든. 웩웩. 그 소리는 당신 인사불성으로 술 마시고 토할 때 나는 소린데. 뭐래. 이제부터 토 달기 없기. 예전에 갔던 산에서 폭포 쏟아지는 소리. 그때는 서로의 말을 알아듣지 못할 정도였어. 지금은 내 말 잘 들리잖아. 방수 매트 세탁기에 넣었을 때 나는 소리. 그게 무슨 소린데? 덜컹덜컹. 탈수하는데 심하게 소리가 나더라. 방수 매트는 세탁기에 넣는 게 아닌가 봐. 세탁기 터질 것 같아서 얼른 껐어.

 이사 온 지 한 달이 지날 무렵 아파트 주민들의 조용한 항의가 있었다. 밤에 시끄러워 잠을 잘 수가 없다는 것이 이유였다. 그 소리라는 것이 듣기에 따라서는 해괴한 노랫소리 같기도 하고 울음이나 낯 뜨거운 신음 같기도 했다. 편찮은 어머니의 잠버릇이라고 변명하는 동안 몇몇 주민들은 안타까워하거나 되레 위안을 주는 말을 건넸지만, 나는 미안하다거나 고마운 마음이 들지 않았다. 청소기 돌릴 때 가구며 벽면에 부딪히는 소리나 형편없는 피아노 연주 실력으로 저녁 무렵 시끄럽게 뚱땅거리는 소리. 화장실에서 뱉고 싸고 누고 걸핏하면 노래하는 사람들도 있었으니까. 병적으로 예민해져 있는 것은 귀뿐만이 아닌 듯했다. 나는 이따금 어머니 혼자만의 소리가 아닌 것처럼 여겨져 방에 가보고는 한다. 홀로 누워 잠을 자는 어머니를 바라보다 늘 토막잠을 잤을 아버지를 떠올리며 거실에 이불을 폈다. 오늘은 언제 거실로 나가야 할까.

 당신 나 사랑해? 뜬금없이 아내가 묻는다. 응. 대답하고 보니, 끝없는 모래사막을 터벅거리며 걷는 낙타 표정은 아니었을지 아내에게 미안한 마음이 든다. 그래도 신속한 대답이었다. 왜? 나도 모르게 입을 동그랗게 벌리고 물었다. 말투는 좀 전보다 꽤 관심 있는 투였지만 묻고 보니, 이건 아니지 싶다. 질문은 신중했어야 했다. 왜긴. 아내는 어느 정도 난감한 표정이다. 웃기려고 한 소리라고, 나의 유머 감각이려니 생각해주길 바라는 마음으로 조금 웃어 보이고는 눈을 꾹 감았다. 난감하기는 나도 마찬가지인 거 같다.

정리해고랄지 희망퇴직이라는 단어를 아직 입 밖으로 꺼내지 못했다. 모든 연령대에 이루어진 구조조정이다 보니 세대교체나 신규채용을 위한 감원조치는 아닌 듯했다. 다행이었다. 추운 겨울날 옷을 벗었지만, 마지막 보호막인 속옷은 남기고 벗겨진 기분이랄까. 경기침체가 지속되면서 인력감축은 모든 분야에서 이루어졌고 기업을 유지하려는 자구책이었으므로 그 누구도 반발하지 않았다. 월급 24개월 치에 해당하는 위로금과 재취업 지원비 그리고 자녀 학자금이 지급되었다. 위로금으로 무엇을 할 수 있을까. 아내는 내게로 몸을 돌려 머리 뒤로 깍지 끼고 있던 나의 팔을 쭉 잡아 뺀다. 나의 팔이 아내의 베개가 된다. 안아줘. 내 가슴에 얼굴을 묻으며 그녀가 말했다.

지금 이 순간 나는 뜬금없이 발작이라는 단어를 떠올린다. 언젠가 읽은 책에서 표현한 어떤 유의 곤충이 불의의 습격을 받았을 때 보이는 죽은 시늉. 마비 상태. 생기 있는 호흡을 하다가도 꼬물거리며 음식물을 섭취하다가도 누군가의 공격이 감지되면 생명이 없는 것처럼 능청을 떤다는 것. 그 기능이 그들 세상에서 얼마나 요긴했을까 생각하니 부럽다. 사람 세상에서는 더욱 요긴했을 기능이 왜 사람에게는 없는 건지.

    연기를 배웠으면 어땠을까. 살면서 때때로 죽는 연기는 필요했으니까. 나 지금 죽었다. 태연하게 명연기를 펼치는 어떤 유의 곤충이나 벌레의 발작을 부러워하지만 말고 실제 죽어보는 것도 나쁘지 않겠다는 생각이 들 무렵, 아내의 손이 티셔츠 아래로 들어왔다. 아내의 따뜻한 손길이 불의의 습격이라고 생각하는 건 아니다. 지금 나는 그저 몸을 둥글게 말고 죽은 시늉을 했으면 참 좋겠다는 생각이 들 뿐이다. 내가 마비된 채 정지하면 세상도, 그 세상 안에 있는 아내도 정지해주었으면 하는 바람이 간절하다. 그리고 건넛방에서 들리는 소리도.

    겨울 무렵부터 어머니는 귀가 어두워져 목소리가 커졌다. 자면서 소리를 지르기도 했고 발차기를 하기도 했으므로 누구도 곁에서 자기는 어려웠다. 딱히 뾰족한 방법은 없고 약물치료를 하며 지켜봐야 하는 병. 병명은 렘수면 행동 장애와 진행 중인 알츠하이머. 봄기운에 더 으슬으슬 춥게 느껴지던 언젠가부터 어머니는 어두운 밤이 되면 시끄럽게 코를 골고 아침엔 목이 아프다며 따뜻한 유자차를 마시고 거실 가득 유자 향이 퍼질 즈음 텔레비전을 보며 해맑게 웃었다.

싫어? 아내가 고개를 들어 나의 얼굴을 빤히 들여다본다. 어머니의 코 고는 소리를 배경으로 아내와 사랑을 나눈다는 것이 나는 내키지 않는다. 아내는 괜찮은 걸까. 어쩌면 노력이 필요한 일일지도 모른다. 노력해보려는 아내가 서먹서먹해서 눈길을 벽에 둔 채 말했다. 그냥 자자. 아내의 손을 잡아 옷 밖으로 꺼내놓고는 이불을 어깨까지 덮었다. 그러다 마음 한편이 불편해서 물었다. 괜찮지? 대꾸 없는 아내의 숨소리만이 들린다.

오 년이나 만났다는 아내의 첫사랑은 안아달라고 할 때, 그럴 때마다 가슴을 열고 안기라고 했을까. 그 자식 머릿속에 어떤 생각이 있었는지 모르겠지만 일주일에 세 번씩이나 사랑을 나누던 사이라면 야한 상상으로 도배가 되어 있었을 거다. 일주일에 몇 번 했어? 어떻게 했어? 결혼 후 언젠가 술에 취한 아내는 내 유치한 질문에 감당할 자신 있냐고 묻고는 아무렇지 않게 고백했다. 말처럼 뛰었어. 말발굽 소리가 났어. 탁탁탁탁. 순간 나도 모르게 남편한테 그게 할 소리냐고 물었더니 너는 그게 할 질문이었느냐고 아내는 오히려 나를 나무랐다. 탁탁탁탁. 소리가 점점 가까이 들리는 것 같다.

아내는 내게 등을 돌리고 누워 있다. 자는 걸까. 아내의 여린 어깨를 꼭 안고 나도 뛰고 싶은데 나는 천장에 걸려 있는 형광등만 바라보고 있다. 왜 형광등 갓을 안 씌운 거지. 나 없을 때 아내가 등을 갈았던 모양이었다. 의자에 올라서도 팔이 닿기 어려운 높이였을 텐데. 까치발을 들고 있었을 아내에게 다시금 미안한 마음이 들었다. 그래서일까. 말랑말랑하고 온기 있는 몸에 다정한 말을 할 줄 아는 입과 아내가 원할 땐 언제든 단단해지는 성기를 갖고 싶다고 생각하다가 말로 표현할 수 없을 만큼 좋다는, 텔레비전에서 선전하던 전립선 약을 먹어봐야겠다는 마음을 먹었고 아내를 깨워 밝은 목소리로 내가 이런 갸륵한 생각까지 했다고 얘기하고 싶었다. 기껏 한다는 생각이 이 정도였다고 말하면 아내는 뭐라고 할까. 배경이 어떻든 상황이 어떻든 아내를 사랑하는 내 마음 보여주는 것에 왜 그리도 인색했을까.

다글다글. 콩 볶는 소리 사이로 식탁 위에 유리잔 내려놓는 소리가 들린다. 탁. 설핏 잠이 들었었나 보다. 아내는 밤마다 술을 마신다. 술잔 돌리기 하듯 대화를 나누다 더러는 그대로 잠이 들기도 하지만, 선잠에서 깨면 진짜 술의 힘을 빌려야 하는 것을 모르지 않았다.

그동안 꿈을 꾸었던 걸까. 귓가에 소리가 남아 있다. 주방에서 어머니가 가스레인지 위에 스테인리스 냄비를 올려놓고 다글다글 콩을 볶고 있었다. 나무주걱으로 뒤적일 때마다 돌멩이 쏟아지는 소리가 들렸다. 후두를 틀고 있어 내가 불러도 어머니는 듣지 못했다. 햇살이 안개처럼 자욱하게 낀 방 안에 있던 아버지가 내게 다가와 상자 하나 건넸다. 다른 누구였다고 해도 아버지라고 생각했을 테지만 막상 나는 꿈속에서 아버지를 금방 알아보지 못했다. 어딜 가는 길이었는지 나는 바쁜 걸음으로 길을 나서면서 받아 든 뚜껑을 열었는데 그 안에는 아무것도 없었다. 단지 스노우볼에 갇힌 눈발처럼 아침 햇살이 들어 있었다. 걸어가는 동안에도 다글다글 콩 볶는 소리가 그치지 않았다. 꿈속 아버지의 표정이 어땠는지 떠올리는데 아내가 방으로 들어왔다. 곁에 누운 아내에게서 술 냄새가 난다.

어. 어. 어. 크허. 어머니의 코 고는 소리가 잠시 그쳤다 다시 시작되었다. 날을 세워 더욱 높아지고 있다. 그만두고 싶은데 그만두지 못하는 소리. 어머니는 아직 희망을 꿈꾸고 있는 건지도 모른다. 나는 베개에 머리를 파묻는다. 거실로 언제 나가야 할까. 돌돌돌. 물소리가 고요한 밤에 강줄기처럼 흐르다 좁은 강폭에 갇힌 물살이 되어 뒤섞이다 거세지고 어느 순간 싹둑 잘려나간 강둑에서 낙수가 되기 전에 나가야지. 아내가 깨지 않을 만큼 깊은 잠이 들어 내가 나가는 소리를 듣지 못할 때 나가야지. 어둠이 눈에 익기를 기다리기 전에 얼른 아내가 자는 방문을 닫아야 하는데.

돌아누워 아내의 등을 바라본다. 살집 없고 좁은 어깨로 억울하게도 얼굴이 커 보이던 아내의 등이 더 홀쭉해 보인다. 진초록 면티에 얇고 뾰족한 머리카락이 올리브 나무의 이파리 같다. 서두르지 않고 천천히 자라며 건조한 땅과 섭씨 사십 도가 넘는 기온에서도 잘 자라는 올리브 나무. 어릴 때 아버지와 나무를 심으러 간 적이 있다. 생태활동 자원봉사로 새로 조성하는 작은 화단에 주로 꽃사과를 심고 부엽토를 뿌렸다. 나무를 심으며 아버지가 해주던 나무에 관한 이야기가 문득 떠올랐다. 묘지에 서서 붉은 수액을 흘리는 나무를 보고 피를 흘리는 줄 알았다며 겁에 질린 아버지의 어린 시절을 들려주기도 했다. 나중에 알게 되었는데 음울한 생김새 때문에 호러물에 단골로 등장하던 나무였다고 했다. 아버지의 재밌는 나무 이야기를 듣다 보면 어느새 나무 심기에 적당한 흙구덩이가 파여 있었다. 그때 심은 꽃사과 나무의 하얀 꽃을 보러 그곳에 가보기도 했으나 너무 오래전이라 지금은 없어진 곳이 많다.

지난주 아파트 뒤편에 지어진 빌라 옆 놀이터에 나무가 울타리처럼 서 있는 것을 보았다. 그곳에 작은 살구나무를 심으러 갔다. 가진 것 하나씩 갖다 버리고 나무 한 그루씩 심기로 했다. 그날은 등산화를 버렸다. 아이젠을 걸기에 안성맞춤이어서 눈 올 때는 그 등산화를 신었나. 누군가에게 쓸모 있는 신발이 될까, 누구도 돌아보지 않는 쓰레기가 될까. 왜 버리는 거냐고 묻는다면 뭐라고 대답해야 하는지 알지 못한다. 다만 뭔가 열심히 하고 있다는 생각. 버린 것을 후회하고 내가 사용할 수 없는 것에 아쉬움을 느끼면서 삶을 욕심 내고 있다는 것을 깨닫는 시간. 그러다 보면 충동적으로 생각하는 일을 잊기도 한다.

한 그루씩 심다 보니 다섯 그루가 되었다. 뙤약볕에서 노는 아이들에게 조금이라도 그늘을 만들어줄 수 있으려면 잎사귀 많은 나무를 심어야 했을까. 어떤 날은 놀이터 가장자리를 둘러 여름에 꽃이 피는 장미와 봉선화, 노란 금불초도 심었다. 나무를 심는 일은 매우 힘든 작업임에도 나는 기꺼이 매달렸다. 힘을 쓰는 그 순간은 다른 생각이 들지 않았다. 어느 날, 그 아침이 행복할 때 나무를 심고 싶다는 마음만 간절했을 뿐이다. 지금 해야 할 일은 무엇일까. 오늘을 살아내는 일. 이렇게든 저렇게든 살아내기 위해 애쓰는 거다. 흙 밖으로 불거져 나온 나무의 뿌리는 흙으로 덮어주어서는 안 된다고 한다. 그냥 그대로 두어야 한다. 나무의 뿌리는 밖으로 나올 만하니까 나온 거니까. 숨을 쉬기 위해서건 생장의 질서에 의해서건. 어머니는 밤에 코를 골고 낮에는 웃는다. 웃을 만하니까 웃는 걸 거다. 아마 그럴 거다. 나는 오늘을 살아내기 위해 무엇을 해야 할까. 밖으로 나가며 아내가 있는 방문을 닫는 일. 거실에 이불을 펴는 일. 꿈에서는 아내를 뜨겁게 안을 수 있을까.

 무슨 일을 할 수 있는지. 무엇을 버릴 수 있는지. 잠이 깨는 길목에 서너 명의 사람들이 서서 내게 물었다. 자다 깨다 하면서도 거실로 나가지 못했다. 아내는 잠을 잘 잤을까. 곁에 있던 아내는 보이지 않는다. 거실에서 어머니의 웃음소리가 들린다. 높은음을 유지한 채 허공에서 마냥 펄럭이고 나부낀다. 중간중간 모자란 숨을 들이마시며 가쁘게 이어진다. 알츠하이머로 대화 내용이나 약속은 대부분 기억하지 못했지만, 노래 잘하는 가수의 팬심은 절대 잊어버리지 않았다. 이름, 나이, 수상 내역, 순위 등 그 가수의 모든 것들을 기억했고 방송 시간대별로 찾아보고 재방도 찾아 듣고 예능 프로도 놓치지 않았다. 식사 시간에도 어머니의 웃음을 듣는다. 반찬을 자꾸 흘려서 그랬는지 씹으며 혀끝에 이런저런 맛이 느껴져서 그랬는지 알 수 없다. 그럴 때마다 나는 어머니를 따라 덩달아 웃었다. 주말 아침이면 어머니는 들뜬 얼굴로 소파에 앉아 〈아내의 덕〉이라는 드라마를 빼놓지 않고 봤다. 불륜 드라마였는데,

언젠가 여자가 남편 애인의 머리채를 쥐어뜯고 있는 장면에서 어머니는 으히으히 웃었다. 오늘은 남편 애인이 어떤 응징을 받고 있기에 저렇게 재미있게 웃고 있을까. 어머니도 세탁실에서 바지 주머니에 있던 아버지의 연애편지를 보고 질투심에 불타오른 적이 있다고 했다. 그리고 그때 가만히 있을 수 없는 지경이 되어 아버지의 사타구니를 걷어찼다고 했다. 아버지는 연애편지를 왜 주머니에 넣어두었을까. 그 당시엔 웃을 일이 아니었겠지만, 어머니는 그런 일이 있었다는 사실이 무척 재미있는 모양이었다. 한동안 웃다가 어머니는 훌쩍훌쩍 울었다. 옆차기하고 꼬집어 뜯던 시절이 좋았다면서. 그 시절엔 아버지도 어머니도 새파랗게 젊었다면서 울었다.

간밤 꿈에 아버지가 준 상자는 정말 비어 있던 걸까, 햇살이 담겨 있던 걸까. 가진 것들을 버리고 텅 빈 곳에 햇살만 남겨두는 건 어떨까. 덮개 없는 형광등을 바라보다 아내의 베개를 끌어안는다. 아직 따뜻하다. 어머니 목욕을 시켜드려야겠다. 아내가 없는 사이에. 어머니의 목욕을 거들어본 적 없는 아내가 행여 미안한 마음이 들지 않도록. 자신의 맨몸을 며느리가 볼까 염려하는 어머니가 서글퍼지지 않도록. 그러나 이건 순전히 나의 생각일 뿐이다. 사실 나는 아내의 마음이나 어머니의 마음을 알지 못한다. 넘겨짚고 추측할 뿐이지만, 내가 기대고 의지할 수 있는 건 아마 이런 것들이지 싶다. 누군가의 진심을 헤아린다는 건 모험이 따르는 일이니까. 고무장갑을 벗어 소리 나게 털거나 설거지하고 그릇 내려놓는 소리가 시끄러워도 나는 아내의 낯빛을 살핀다. 손길 움직임 하나 미세한 떨림조차 다 귀에 들리는 순간들이 있다.

  욕실 의자에 앉아 있는 어머니의 몸은 느슨하게 휘어진 나무 같다. 공장지대에 심어놓았던, 거무스름한 색깔로 말라가던 나무. 샤워기의 물줄기가 지나간 어머니의 굽은 등과 팔에 물방울이 터질 듯 맺혀 있다. 간지러워. 비누칠을 하자 어깨를 움츠리며 어머니가 웃는다. 부석부석한 가느다란 머리를 감기고 살집 없는 어머니의 가슴과 다리에 비누칠한다. 대기 중에 떠다니는 먼지와 오염물질을 흡착하여 공기를 맑게 해주는 기능을 이용하려고 얼마 전 공장지대에 조성된 나무들이었다. 지난달 지나는 길에 보니 얇은 철사처럼 보이는 잎을 매단 채 죽어 있었다. 흡착된 물질들이 잎의 기공을 막아 광합성을 방해한 까닭이었다.

  무릎을 굽힌 채 엉덩이를 위아래로 실룩이며 열심히 씻기는 나를 보고는 어머니가 배꼽을 잡고 웃는다. 목욕탕에 웃음소리가 울린다. 이 정도면 나의 몸개그가 녹슬지 않았다. 문득 언젠가 갔던 성당의 파이프 오르간 소리가 떠오른다. 무성한 잎사귀를 떼어내면 파이프 오르간을 닮은 나무가 있다고 했다. 그 나무는 정말 악기를 만드는 목재가 된다는 아버지의 말을 들었을 땐 그 나무를 직접 보고 그려보고도 싶었다. 손을 물로 헹군 뒤 웃고 있는 어머니의 얼굴을 두 손으로 감싸고는 어머니의 눈가에 튄 비눗물을 내 엄지손가락으로 닦았다. 웃음을 거둔 어머니가 천천히 손을 들어 올리고는 내 손을 가만가만 두드렸다. 당신 언제 왔어요? 여태 기다렸어. 나를 아버지라고 생각하는 모양이었다. 아까 왔어요. 어머니는 한 손을 이마에 붙여 손차양하고는 나를 한참 동안 바라보고 있다. 나는 어린 시절 어머니의 얼굴을 자주 그렸다. 표정을 다 알고 있다고 생각했는데 이런 얼굴은 처음이었다. 도화지를 가득 채우던 어머니의 얼굴이 자꾸만 뿌옇게 흐려져 일어나 세수하는 동안 밖에서 전화벨이 울렸다.

모일 건데 나올 거지? 전화를 걸어온 건 초등학교 동창 녀석이었다. 넉 달 만에 본 녀석들은 그새 나이가 꽤 들어 보였다. 그동안 무슨 일이 있었을까. 괜찮아? 괜찮지? 녀석들은 서로에게 묻는다. 그러고는 어깨를 가볍게 두드린다. 앞으로 다닐 곳이 없어졌다는 말도 매달 나오던 돈이 이제 나오지 않게 되었다는 말도 하지 않는다. 단지 언제부터 우리의 인사가 괜찮냐고 묻는 거였는지 의문이 들어 괜찮다는 녀석들의 안색을 살피다 어쩌면 나처럼 녀석들도 괜찮지 않을 수 있다고 생각했다.

사십 대 중반이면 아직은 이런 일 저런 일 어쭙잖은 일에도 엄살을 피울 수 있는 나이인지도 몰랐다. 하지만 다들 괜찮다고만 한다. 한 녀석의 앞머리는 그사이 몇 가닥이 더 빠진 듯 휑했고 또 다른 녀석은 어금니를 새로 해 박았는지 웃을 때마다 누런 것이 느닷없이 반짝이곤 한다. 백세시대에 벌써 이렇게 촌스러워지다니. 배가 제법 나와 있는 다른 녀석은 그때보다 더 나온 배를 쓰다듬더니 산달이 다 됐다며 어울리지 않게 수줍은 미소를 짓는다. 출석 번호 일 번이었던 녀석은 그새 키가 더 작아진 듯했는데 담낭에 담석이 생겨 다음 주에 수술을 앞두고 있다고 했다. 담낭을 떼어낸다고? 그럼 쓸개 빠진 놈이 되는구나. 술 마셔도 되나? 나이가 들면 염려가 많아진다는 것을 실감하며 우리는 빈 잔에 술을 따르고 잔을 부딪쳤다. 마셔. 술잔에 담긴 술을 어찌할 도리 없는 사람들처럼 입에 털어 넣었다. 그날처럼 녀석들은 그냥 그렇게 삼킨다.

작년 겨울밤, 비가 오던 그 밤은 무척이나 추웠다. 아버지와 나는 큰아버지의 삼일장을 치르고 지방에서 서울로 올라오는 길이었다. 운전하고 있던 나는 갑작스레 속도를 줄인 앞차를 피해 차선을 옮겼다. 차는 중심을 잃고 어두운 커브 길에서 휘청거렸다. 속도를 줄이려 브레이크를 잡았지만 그대로 가드레일을 우그러뜨리고 농수로 바닥으로 추락했다. 나는 정신을 잃었다. 아버지는 그날 먼 길을 떠났다. 나는 아버지의 헝클어진 머리 한 번 본 적 없고 무릎 나온 바지 한 번 본 적이 없다. 아침이면 포마드를 발라 빗질로 윤기 나는 머리를 뒤로 넘기고는 책상을 반듯하게 정리 정돈했다. 술 마시고 큰 소리를 낸다든가, 침을 튀기며 소리를 지르는 얼굴도 본 일이 없다. 아버지는 그런 사람이었다. 힘들다거나 미치겠다는 푸념 한 번 한 적 없고 흐트러지는 여유 없이 그렇게 잘난 척을 하더니 결국은 지독하게 인간미 없이 떠났다. 어차피 죽음이라는 거 순순히 이해할 수 있는 건 아니지만 하필 그 순간이었다는 것이 나는 몸서리치게 슬펐다.

조문 온 녀석들 앞에서 나는 어린아이처럼 엉엉 울었다. 녀석들도 함께 눈시울을 붉혔다. 죄책감 갖지 마라. 네 탓이 아니야. 녀석들은 말했다. 나는 고개를 바닥에 처박고 처지는 얼굴에 힘만 주고 있었다. 녀석들은 술잔에 술을 따르고 그냥 삼켰다.

나 부탁 하나 하자. 동생이 운영하는 회사가 카카오에 입점했는데 찜 수가 부족하다네. 들어가서 찜 좀 눌러줘. 금니가 말하자 하나둘 회사 이름을 물어 포털 사이트에 접속했다. 찜 처음 해본다며 뭘 눌러야 하냐고 휴대폰을 내밀었다. 다양한 컬러의 뚝배기 세트가 광고창에 떠 있었다. 브런치 식판과 사각 볼이 들어 있는 우드 트레이와 법랑 머그잔, 서빙 접시와 튀김 망 세트. 원산지 대한민국이야. 요 밑에 하트 눌러. 찜했다. 나도. 예쁜 그릇이 많다. 나도 찜 완료. 대박 나길 바란다. 근데 뭘 찌냐? 그 와중에도 누군가 우스갯소리를 한다. 찜 한 번씩 누르고 앉아 흐뭇하게 웃고 있다가 건배사도 할 겸 그제야 술잔을 들었다. 대박 나시길. 넓은 홀에 손님 두 테이블만 있는 가게 안이 왁자지껄했다.

나 찜 한 번 더 눌렀더니 찜 수가 줄었다. 어떡하지? 다시 눌러? 주변머리가 묻는다. 찜은 언젠가 살 거라고 예약하는 거니까 그냥 구매하면 된다. 결제 완료하면 끝. 임산부가 옆에서 거들었다.

내 사촌 동생이 이번에 신제품을 출시했다. 오빠튀 검색해봐. 오징어를 빠삭하게 튀긴 거래. 리얼 오징어라 맛이 좋더라. 술안주로 딱 맞네. 아까 그릇 사이트에 술잔 세트도 팔던데 안주 있으니까 술만 있으면 되겠다. 그러면서 식당 아주머니가 내온 식탁 위 술잔을 들어 살핀다. 이건 중국산이다. 차별화가 되었다는 칭찬처럼 큰 소리로 이야기한다.

남기야. 주변머리가 부른다. 너한테 얘기하면 직원 할인 얼마나 받을 수 있냐? 지난달 부모님이 이사했는데 가전제품이 너무 오래돼서 싹 바꿔드리려고 하는데. 할인율이 얼마나 돼? 삼십 퍼센트 정도. 반값은 안 되나? 글쎄. 한 번 알아볼게. 집도 있는 놈이 그냥 제값 주고 사라. 난 집도 절도 없어도 부탁하지 않아. 그냥 안 사고 말지.

요즘 새로운 알바가 뜨고 있어. 담배꽁초 줍기. 일 킬로당 이만 원. 환경미화 효과도 있고 배수 막힘 예방도 되니까 아주 좋은 알바지. 근데 젖은 꽁초는 안 된대. 그게 뭐야. 비 오면 거의 다 젖은 꽁초 아니냐. 조용하던 한 녀석이 물었다. 얼마나 벌어? 한 달 최대 십오만 원. 아무 말 보태지 않았으나 젖은 빨래처럼 우리는 몸이 무거워진 듯 비스듬하게 앉아 듣고 있었다.

내가 문제 하나 낼까? 싹수가 묻는다. 어릴 때부터 싹수가 노래서 싹수라고 부른 녀석이었다. 이상하게 칙칙한 분위기가 되었다고 생각했는지 짐짓 명랑한 투다. 100세 된 할아버지가 있었대. 그런데 할아버지가 소변을 눌 때마다 변기를 다 적시는 거야. 화가 난 할머니가 도대체 왜 만날 적시냐고 물었대.

그러니까 할아버지가 뭐라 했게. 녀석이 장난기 어린 눈빛으로 묻는다. 이 자식 또 농담하네. 뭐라고 했는데? 따지는 투로 금니가 묻는다. 내 기운이 없어서 병원 갔었는데 의사가 신신당부하더라. 무거운 거 절대 들지 말라고. 제법 그럴듯하게 할아버지 목소리를 흉내 내어 싹수가 말한다. 녀석들은 소심하게 웃으며 일제히 몸을 뒤로 젖힌다.

 나는 안…… 웃기다. 임산부 녀석이 묻는다. 그게 무겁나. 녀석들은 나름대로 생각해보는 얼굴로 웃고 있다. 나이 사십 중반에도 녀석들은 어린 시절의 장난꾸러기들처럼 킥킥거리고 있다. 나는 빠르게 달리는 차 안에서 밖을 내다보는 기분이었다. 말을 하거나 함께 웃으려면 차에서 내려 한참을 걸어가야 할 것 같았다. 나, 간다. 한 손을 들어 보이고는 신발을 찾아 신었다. 벌써 가게? 주변머리 녀석이 묻는다. 중간에 혼자 일어선 게 미안하게 머리 위에 공들여 널어놓은 녀석의 머리카락이 내려다보인다. 녀석들 모두 나를 바라보고 있었고 나는 가게를 나왔다.

 소주를 두어 병 마신 것 같은데 급하게 마신 탓인지 몸이 허공에 둥둥 떠가는 느낌이다. 무거운 머리통이 끄덕끄덕 흔들린다. 어지럽다. 녀석들은 아직 그곳에서 술을 마시며 웃고 소란 피우고 있겠지. 찜 수를 걱정하고 대박 나길 기원하고 유치한 우스갯소리에 마냥 웃을 수 있는 친구들이 나는 부럽다. 웃고 떠들고, 술에 취하고 들뜨고, 용케 다니는 회사의 상사를 까발리고 욕하고, 지들 걱정이나 하지 나라 걱정까지 하고 본 적도 없는 정치가들을 몰아붙이는 녀석들. 그 사이에서 나는 나를 째려보는 옆자리 사람에게 시비를 걸고 싶은 마음뿐이었다.

넌 안 돼. 어디선가 알 수 없는 목소리가 들린다. 웃기고 있네. 나는 투덜거린다. 넌 구제불능이야. 너도 알잖아. 좀 전과 같은 억양으로 서두르는 기색 없이 누군가 내게 말한다. 대체 내가 뭘 안다는 건지 모르겠다. 그런데 넌 누구야? 기분이 상한 나는 무거운 눈꺼풀을 가까스로 치켜뜨고 묻는다. 조용하다. 인간들 머리통 안에는 자신을 조정하고 관리하는 감독관이 있다고 하던데 지금 나에게 말을 걸고 있는 게 그 자식인가 싶다. 고리타분한 뉴런인지 상처받은 전두엽 때문인지는 잘 모르겠지만 말하자면 일명 뇌 속의 관리인이란 얘기다. 가끔 나에게 쓸데없는 말을 해서 사람 기분을 잡치게 하거나 나의 취약한 부분을 건드려 의욕을 내팽개치던 것도 저 자식 때문이었나 보다. 관리인을 확실히 잘못 만난 듯하다. 사람을 달달 들볶고 틈을 안 주고 이럴 땐 이래야 하고 저럴 땐 저래야 한다면서 나를 몰아붙이는 지독한 잔소리꾼. 반듯하게 살기를 강요하고 조금이라도 그 선에서 벗어날 땐 양심의 가책을 팍팍 주며 쩨쩨하게 굴기 일쑤다. 꺼져. 나는 주먹을 휘두르고 발길질을 한다. 씨발, 너 때문이야. 아내를 안지도 못하고, 귀는 병적으로 예민해져 있고, 농담은 낄 자리도 없고. 버리고 또 버리고 그래도 아무렇지 않을 때 인생 하직하려고 했는데 아까워 죽겠다. 미친 짓 했어. 이게 다 너 때문이야. 나는 소리쳤다. 흔들리는 고개를 쳐들었는데 줄지은 가로등 중 하나가 까무러지고 있다.

세상은 살아갈수록 재미있는 것 같다. 누군 기필코 살고 누군 기어이 죽는다. 누군 호강에 겹고 누군 버겁게 고생한다. 또 어떤 이는 심심해 죽겠고 어떤 이는 바빠서 죽겠다. 어떤 이는 지지리 가난하고 어떤 이는 각별하게 부자다. 누군 속 터지게 말이 없고 누군 끊임없이 떠들어댄다. 고개 숙인 사람, 고개 쳐든 사람. 너무 철학적이었는지 골이 아프다. 욱신거리는 골이 나에게 신호를 보낸다. 소변이 마렵다고. 뇌 속의 관리 감독관은 역시 고급인력이다. 이런 생리적인 것들은 자기들이 나서지 않고 신호체계로 알려주니 말이다. 대충 구석진 곳을 찾아 벽을 마주한다. 바지 지퍼를 내리고 꺼낸다. 아… 무겁다. 하늘을 이고 있는 머리도 무겁다.

바지를 추스르고 있는데 휴대전화의 진동이 울린다. 액정에 강 우주 씨라고 뜬다. 이게 뭐야. 로맨스도 모르는 새끼. 말처럼 뛰시노 놋하는 놈. 당장 내 아내라고 바꿔야겠다고 생각하며 전화를 받았다. 언제 와? 지금, 이라고 나는 대답한다. 소주 좀 사 와. 아내가 말한다. 온종일 있던 술을 다 마시고 어머니의 웃음소리를 견딘 건 아닐까. 이제 곧 시작될 어머니의 코 고는 소리를 들어야 하니까 술이 필요하겠지. 아니면 얼마나 힘겨운지 털어놓고 이제 헤어지자고 나에게 말하려는 것일지도 모른다. 나는 아내의 눈을 마주 바라보지도 못할 것이다.

이 소리는 어른의 소리입니다. 아내는 언젠가 무슨 말인지 알 수 없는 어머니의 잠꼬대를 이렇게 표현했다. 그만하라고 화를 내면 안 되고 듣기 힘들다고 소리를 지르면 안 되는 어른의 소리. 나는 가만히 듣고 있었다. 넌더리 내지 말고 미워하지 않아야 하는데. 어른에게 공손하게 행동하고 말하고 그래야 하는데. 내가 나쁜 사람일까. 인성이 이 정도밖에 안 된 사람이었나. 오빠 나, 미덥지 못한 인간인 것 같아. 익숙해지지 않아. 힘들어.

그날 저녁 재활용을 들고 나가며 내가 회사 나갈 때 들던 백팩을 버렸다. 노트북이 들어갈 정도로 깊고 폭이 넓은 가방이었다. 어깨에 닿는 끈에는 쿠션 처리가 되어 있었다. 그래도 무겁고 등이 결리거나 어깨가 아팠던 것 같다. 버리면서 나의 성실함도 근면함도 버렸다. 가진 적 없는 야망도 버렸다. 그날도 그렇게 어물쩍 넘어가려 했는데 충동적인 생각은 계속되고 있다. 내가 없으면 아내는 자신의 됨됨이를 의심하는 일은 없을 테지.

 아내는 아침이슬이 좋다고 했나. 그처럼은 별로라고 했나. 난 아침이슬이 좋더라. 이번에 고급 소주로 바꿔볼까. 화학주 말고 증류주가 뒤끝 없다던데. 머릿속엔 그런 말들이 입 밖으로 나갈 채비를 하고 있었는데 나는 대꾸했다. 네가 나가 사 먹어. 겨우 이 말밖에 하지 못했다.

 거대한 몸집이 된 것처럼 돌아눕기가 불편해서 눈을 떴다. 매트리스 커버의 꼬부랑 돌을무늬가 눈에 익다고 의식하는 순간, 집 침대 위에 내가 누워 있는 것을 깨닫는다. 언제 어떻게 집에 왔는지 기억나지 않는다. 뭔가 아주 무거운 것을 들고 소변을 보고 그리고 아내의 전화를 받았다. 술을 사 오라고 했었나. 쌀을 사 오라고 했었다. 관리인이고 나발이고 도대체가 알 수 없는 입씨름을 벌이고 전투적인 자세로 주접을 떨다가 나의 머리가 핑 돌았을 때였다. 아내에게 전화가 온 것이. 하필 그 지경일 때 전화를 받았다. 그리고 불쑥 뱉은 말. 거기까지 밖에 기억나지 않는다. 집에 들어와 자는 아내를 깨우지는 않았는지, 어머니의 코 고는 소리에 예민해져 있는 귀를 원망하나 큰소리를 내지 않았는지 걱정이 된다. 겉옷만 벗고 셔츠와 양말은 신은 채다. 다행히 아내 앞에서 옷을 훌훌 벗는 추태는 보이지 않았나 보다. 핸드폰은 벗어놓은 재킷 위에 가지런히 놓여 있고 그 옆에 소주가 두 병 놓여 있다. 맞다. 내가 소주를 샀었지.

괜찮냐? 아침부터 주변머리만 있는 녀석에게서 휴대전화가 왔다. 잘 들어갔지? 그럼. 나도 녀석처럼 늘 괜찮다고 대답한다. 하루 사이에 친구의 머리는 조금 더 빠져 있을지도 모른다는 생각이 든다. 그냥 바라만 볼 뿐, 우리는 서로 약속이나 한 것처럼 머리에 대해선 말하지 않았다. 간혹 탈모 예방에 좋은 음식이라든가 머리 지압하는 방법이라든가 머리에 관한 이로운 정보를 모두가 알아야 하는 상식처럼 꺼내는 친구가 있기는 했다. 그게 우리가 생각하는 예의였던 것 같다. 가끔 친구들의 시선이 녀석의 머리통에 잠깐 머물 때면 산성비를 많이 맞아서 그렇다며 녀석은 남은 머리카락을 옆으로 넘겼다. 지금도 한 손으로는 전화기를 붙잡고 한 손으로는 머리카락을 소중하게 넘기고 있을 거다.

너도 괜찮지? 나는 죽을 맛이다. 녀석이 한숨을 쉬며 말한다. 돼지풀 때문에. 온 땅을 다 뒤덮어서 그 주변에 있는 농작물과 나무들이 모두 고사하고 있다. 언젠가 꽃이 만발한 튼실한 넝쿨이 키 큰 나무를 뱀처럼 휘감고 있는 것을 보았다. 잎사귀가 무성하게 달린 넝쿨들이 얽히고설켜 어찌나 높이 뻗어 있는지 그 초록빛이 무섭기까지 했다. 생태를 제대로 유지할 수 없게 만드는 식물이라 들었다.

요즘은 제거반도 있다면서. 연락해봤어? 환경부에 전화하면 농림부에 전화하라고 하고 농림부에 연락하면 환경부에 연락하라고 하고. 미치겠다. 매화나무도 다 죽게 생겼다. 녀석은 매실 농사를 짓고 있다. 생태 교란 식물의 무서운 번식력과 생장 속도로 우리가 사는 집은 물론이고 하늘까지 초록 잎으로 덮여 햇빛 한 줄기 보지 못하는 날이 오게 될까. 가을이 되면 어떤 교란 종 열매 주변에는 가시가 수백 개가 돋아난다. 한 번 찔리면 잘 빠지지도 않아 심하게 부어오르고 고름까지 찬다고 한다. 그땐 건드릴 수조차 없게 된다. 어쩌냐. 나는 고작 이렇게 말한다. 그러게. 녀석의 목소리는 기운이 없다. 녀석은 머리를 소중히 옆으로 넘길 생각도 않은 채 그냥 늘어뜨리고 있을 것만 같다. 친구의 모습을 상상하니 조금 슬프다.

침대 머리맡에 열어놓은 창문 사이로 고소한 냄새가 난다.

어디선가 전을 부치는 모양이다. 이렇게 고소한 냄새를 풍기는 집은 걱정도 근신도 없을 것 같다. 그저 앞치마를 두른 아내와 프라이팬에서 익어가는 김치전과 불쑥 끼어들어 뜨거운 전을 손으로 들어 맛을 보는 남편과 전이 익기만을 기다리다 침을 꼴깍 삼키는 누군가, 누군가가 있을 것이다. 말갛게 행복한 표정으로 너무 맛있어 깜짝 놀란 얼굴로 꾸밈없이 웃고들 있겠지. 목이 마르다. 밖은 조용하다. 어머니의 웃음소리가 들리지 않는다. 아내는 뭘 하고 있는지 보이지 않는다.

참 맛나다. 방문을 열자 어머니가 주방 식탁에 앉아 내 얼굴을 보려고 고개를 길게 빼며 말한다. 어머니는 조용히 김치전을 먹고 있었다. 천천히 포크를 옮겨 김치전을 찍고 있다. 자. 우물우물, 입을 생기 있게 움직이며 내게도 맛을 보라고 어머니가 김치전을 내민다.

일어났어? 베란다에서 빨래를 널고 있던 아내가 내게 묻는다. 창가에 비쳐드는 햇살에 나는 눈이 부시다. 분홍색 앞치마를 두른 나의 아내가 오롯이 거기 서 있다. 갑자기 콧물이 흘러내리려 한다. 두루마리 휴지를 찾으며 문득 이쁜 아내를 버려야겠다고 생각한다. 탁탁. 빨래를 터는 소리가 들린다. 아내는 말처럼 뛰던 첫사랑을 만나게 될까.

이제 무엇을 버릴 수 있을까. 국도는 생각보다 한산했다. 길가 나무며 식당 간판들, 지나가는 사람들마저 지금 막 버려진 듯 보였다. 농장 앞에 녀석의 차가 보였다. 돼지풀은 매화나무를 휘감고 그 주변 식물들을 뒤덮고 있다. 나무는 견디기 힘이 들었는지 벌써 단풍이 들어 잎이 떨어지고 있었다. 녀석은 어쩐 일로 여기까지 왔냐는 표정으로 그 소중한 머리카락을 제멋대로 내버려두고 있다. 나는 농기구 통에서 낫을 꺼내 들고 잎들을 걷어내기 시작했다. 나무에 붙어 있는 잎사귀를 찍어내듯이 잘라내고 그 주변으로 뻗어 있는 줄기를 쳐낸다. 그러자 넝쿨을 걷어낸 자리 아래 누렇게 고사된 식물들이 보인다. 죽은 식물들은 이미 생명체이기를 포기한 듯 볼품없이 말라비틀어져 있다. 잘라내는 이 순간에도 퍼져나가고 있는지 찍어내고 잘라내고 뿌리째 뽑아도 돼지풀은 한도 끝도 없이 펼쳐져 있다. 땅속에서 나온 뿌리조차 악착같이 흙을 긁어모으고 있는 것처럼 보였다. 기어이 살고자 움직이고 있다. 나는 지지 않는다. 더 늦기 전에, 손을 쓸 수 없는 지경이 되기 전에 힘을 내야 한다. 손아귀에 힘을 주고 낫을 휘두른다.

너, 왜 그러냐. 주변머리만 있는 녀석은 거의 울 것 같은 표정이다. 나를 바라보다 저도 낫을 들고는 휘두른다. 머리 위에서 늘어진 머리카락이 흔들린다. 이발소 언제 가느냐고, 그냥 짧게 자르는 게 어떠냐고 큰 소리로 물었는데 녀석은 못 들은 듯하다.

소용없어. 그렇게 애써도 소용없다고. 얼마나 지났을까. 나 아닌 나, 드디어 쩨쩨한 관리인이 끼어들어 말한다. 나는 숨을 헐떡이다 주저앉는다. 뜯긴 돼지풀 덤불 옆으로, 앞으로, 뒤로 돼지풀이 늘어져 있다. 이 순간에도 번식하고 있다. 가슴속 억울함 같은 것이 머리 위로 올라와 팔딱팔딱 뛰고 있다. 슬프기보다는 뭔가 몹시 지친 기분인데 눈가에서 뺨으로 땀이 흘러내린다. 하늘에 늘어진 양말짝 같은 구름이 걸려 있다가 희미하게 퍼지고 있는 것이 보인다.

이봐, 관리인. 내가 어떡해야 하는지 모르겠다. 관리인이 조용하다. 어떡해야 하냐고. 자꾸만 처지는 얼굴에 잔뜩 힘을 주며 묻는다. 가끔은 네가 나보다 더 센 놈이길 바라지만 사실 나는 살아내고 싶다. 그뿐이야. 가만히 정지한다. 눈이 부신 햇살 속에 앞치마처럼 생긴 분홍빛 구름이 떠 있고 바람결에 포마드 냄새가 느껴지고 어디선가 오르간 소리가 들린다. 그게 참 어리둥절한 일이어서 잠시 그대로 있었다. 이제 무엇을 버릴 수 있을까. 내일은 나를 버려야 할까. 땀이 흐르는 목덜미와 등줄기에 통증이 느껴진다. 식물의 초록색 잎사귀에서 뻗어 나온 예리한 가시가 나의 등을 훑고 지나가는 것 같다.

남기야. 친구 녀석이 낫을 휘두르다 말고 엉거주춤 허리를 펴고는 나를 부른다.

    괜찮아?

    내게 묻는다. 나는 괜찮다고 대답한다.

그 한 가지

웃어도 돼요?

은하의 물음에 준수는 자신의 모습을 조명 켜진 화장대에 비춰보고 이제껏 분장을 지우지 않았다는 것을 깨달았다.

웃어도 돼요. 얼마든지.

준수가 대꾸했다. 은하는 객석에 앉아 있던 단 한 명의 관객이었다.

1막에서 신호등이었고 2막에서는 가로등이었다. 준수는 온몸에 푸른빛이 도는 칠을 하고 검은 타이츠를 입은 채였다. 무대 위에 서 있던 그대로 겨드랑이에 팔을 꼭 붙이고 짧은 보폭으로 걷고 있었다. 얼마 전 회사를 그만두었고 작년 이맘때 엄마를 잃었고 살던 곳으로 이사를 앞둔 준수는 무대 밖에서도 머리를 숙이고 가로등 역할을 열심히 할 뿐이났. 분장실 문 앞 비닥에 비켜서지 않는 하얀 운동화가 시선에 들어와 옆으로 움직이려 했으나 운동화는 길을 내주지 않았다. 준수가 얼굴을 들었다. 은하였다. 가로등 불빛에 모여들었던 하루살이와 모기떼, 나방 등의 모형들이 앞머리에 대롱대롱 매달려 있다가 머리카락인 양 그의 귀 옆으로 흘러 내려왔다.

준수는 오 년 내내 같은 이야기를 공연하는 극단에 들어왔다. 건축 일을 하고 있었지만, 주말엔 거르지 않고 무대 위에 섰다. 무언극이었고 인형만 등장하지 않았을 뿐, 동화 같은 내용이었다. 내용이 있기나 한 건지 보기에 따라서는 연극이 아니라 그냥 어떤 장면이라고 말해도 이상하지 않았다. 같은 장면을 연기하던 배우들은 분기에 한 번씩 배역을 바꾸었다. 분장하고 그 자리에 붙박인 듯 서 있는 것이 전부였으나, 그게 전부였으므로 누군가 보게 될 자신의 표정이나 자세가 의식되었다. 하지만 회를 거듭할수록 말하는 법을 잠시 잊어도 되는 시간이 주어졌고 어떤 태도로 발붙이고 있는지 주의를 기울이지 않아도 되는 공간에 이르렀다. 목적지를 정하지 않아도 도착하는 곳이 있었다. 그렇기에 단 한 명의 관객조차 없을지라도 극단의 운영비를 내면서까지 무대 위에 오르는 구실은 충분했다. 준수가 전에 맡은 역할은 사냥을 싫어하는 도베르만이었고 그전에는 팽팽하게 당겨지는, 도베르만의 목줄을 잡고 있던 사냥꾼이었다.

거울 속에 비친 조악한 가로등 옆에서 은하가 훌쩍였다. 은하의 웃는 모습을 자주 떠올리곤 했던 준수는 울고 있는 은하에게 마음대로 하라고 했다. 울고 싶으면 울고 웃고 싶으면 웃으라고. 말투에 친절이나 공손함은 없었다. 그러면서 한마디 덧붙였다.

그동안 잘 지내길 바랐어.

비가 내리는지 분장실의 어둑해진 창에 줄무늬가 생겼다. 아까부터 내렸는지 지금 막 내리기 시작한 건지 은하가 오는 길에 비를 맞지는 않았는지, 생각하다가 우산은 가져온 거냐고 물어보려고 다시 눈길을 돌렸다. 은하는 얼룩이 묻어 눈꽃 문양이 흐릿해져버린 소파에 앉아 준수에게 이렇게 말했다.

자꾸 기억하는 게 있어.

새벽까지 비가 내렸다. 준수는 주차를 마치고 차에서 내리면서 진창이 튄 자동차의 오른쪽 바퀴를 바라보다 어젯밤에 듣게 된 은하의 이별 이야기를 떠올렸다. 헤어진 그 친구는 어떤 사람이었을까. 오른쪽에서 보면 잘생겨 보이고 눈웃음이

착해 보이던 사람. 이따금 개자식이 되곤 한다던 그 사람에 관해 듣고 있어야 하는 시간이 준수는 불편하기만 했다. 드문 일이긴 했지만, 서로 만난 적 없는 동안에도 은하가 이따금 자신의 공연을 보러 왔다는 것을 알고 있었다. 하지만 분장실까지 찾아와 자신을 기다린 것은 처음이었다.

주차장을 빠져나와 상가 쪽으로 걸음을 서둘렀다. 이삿짐 트럭과 사다리차가 주상복합 정문 진입로에 정차해 있었다. 비 갠 하늘이 정오를 지나면서 점점 맑아졌다. 이사하기 좋은 날이네. 혼자 중얼거렸다. 산 너머에 있는 활주로를 향해 고도를 낮추고 있는 비행기가 보였다.

부동산 안에는 이삿짐 정리를 마친 세입자가 이미 와 있었다. 월세 보증금을 내어주고 계약서를 돌려받는 동안 세입자 여자는 다리를 꼬고 앉아 모바일 뱅킹으로 어제 날짜까지 정산한 관리비를 준수의 은행 계좌로 보내고 있었다. 한여름을 보낸 뒤라 그런지 전기 요금을 포함한 관리비가 육십만 원이 넘었다. 월세가 두 달 밀려 준수가 문자를 했을 때 경기 불황에 일을 못 하고 있으니 조금 더 기다려달라는 답이 왔다. 그리고 석 달째가 되던 어느 날 여자가 집을 나가겠다는 의사를 전해왔다. 계약이 만료되려면 사 개월 정도 남았으나 준수 또한 사는 곳에서 이사를 고려하고 있었기 때문에 별다른 불만을 내비치지 않았다.

여자는 한 손으로 자기 허벅지를 두드렸는데 침착하게 하라고 스스로에게 주의를 주는 듯했다. 공인중개사 여실장이 금액을 다시 또박또박 불러주자 여자는 신중한 눈빛으로 손가락을 움직였다. 분주하게 책상 사이를 오가던 실장이 보증금을 돌려받았다는 영수증을 작성한 후 여자에게 사인하라고 내밀었다. 수화물에 달린 항공 노선의 꼬리표처럼 실장의 치맛단 아래에 실오라기가 붙어 있었다. 어디를 다녀오는 길일까. 매만지지 않은 듯한 단발머리에 둥근 눈썹과 그 아래 생기 없는 눈빛. 힘든 일에 매여 있는 사람. 준수가 실장을 떠올릴 때 기억하는 이미지였다. 그는 혼자 있는 시간이면 누군가의 모습을 떠올리고 배역 하나하나를 맡겨보기도 했는데 대개는 무대 위에 오르기 전 그들 스스로 역할을 찾아갔다. 언젠가 꼬리표가 달린 짐을 손수레에 싣고 어디론가 떠나는 이야기를 무대 위에 올릴 생각이었다. 실장이 오늘은 뿔테 안경을 꼈다. 눈빛이 가려져 그동안과는 다른 분위기를 자아내고 있었다. 오늘 수고가 많았으니 점심이라도 대접하겠다고 말하려다 준수는 입을 다물었다. 코로나 팬데믹이 먼일처럼 잊히고 있어도 함께 밥을 먹는 관계란 매일 보는 사람이거나 무척 반가운 사이가 되어버린 듯했다.

이만 가볼게요. 그동안 잘 살고 가요.

보증금이 들어온 것을 확인한 후 영수증을 내어주며 여자가 인사했다.

불편한 건 없으셨어요?

준수가 물었다. 사는 동안 물어볼 말이었다는 생각이 들었지만, 나가는 세입자에게 건네는 인사말로도 괜찮을 성싶었다.

괜찮았어요. 좋은 일이 많았어요. 감사합니다.

일을 못 해 월세가 석 달 밀리고 이사까지 나가는 세입자에게 이런 인사를 받으니 왠지 편안하지 않았다. 무엇이 감사하다는 말일까. 월세가 밀리자 독촉 문자까지 하지 않았던가. 보기에 따라 예의 바른 사람이라고 말할 수 있으나 준수는 그런 여자가 이상하게 생각되었다. 이상하다는 것은 이성적이거나 논리적이지 못하다는 인상을 주었고 준수는 여자의 말을 확인하고 싶은 마음이 들었다. 어떤 좋은 일이 있었는지 물어보고 싶었지만 적절한 질문이 아니었다. 여자를 뒤로하고 남은 매매 건을 처리하느라고 바쁜 실장의 안경 너머를 일별하며 준수도 일어섰다.

부동산을 나와 과자점과 일 년 예금 금리를 커다랗게 써 붙인 은행을 지나 집으로 걸어가는 길 어디쯤에서 준수는 새벽을 떠올렸다. 세입자였던 여자는 새벽 두 시쯤의 졸음 가득

한 눈이었다. 안으로 살짝 말려든 어깨는 추위를 몹시 걱정한다는 인상을 주었다. 여자는 조금 더 외곽으로 이사한다고 했다. 어렵사리 일자리도 구했다며 한시름 놓은 표정이었다. 가슴 한편에 자리 잡은 미안함 때문이었을까. 준수는 졸음을 밀어내려는 여자의 눈빛을 자꾸 되살렸다. 이사 나가는 것을 허락해줘서 감사하고 비록 아르바이트지만 단기 일자리라도 자주 구할 수 있어서 좋은 일이 많았다고 한 것인지도 몰랐다.

모든 게 좋았어. 그런데. 어젯밤 분장실에 찾아온 은하가 이백삼십 일을 만났다는 친구에 관해 얘기하기 시작했다. 준수는 은하가 하려던 말을 그만둘까 봐 조용히 기다렸다. 술을 마시면 폭력적으로 변했어. 그런데도 모든 게 좋았다고 말할 수 있는 거냐고 준수가 물었고 은하는 웹툰 속 여주인공처럼 따분한 표정으로 다들 술 때문이라고 하니까, 누군가를 책망하듯 대꾸했다. 날을 어림잡아 보니 이 년 전이었다. 헤어지는 그 당시엔 우리가 훗날 이런 이야기를 나누게 되리라고 생각하지 못했다는 말을 꺼내려다 준수는 그만두었다. 어떻게 모든 게 좋을 수 있느냐고. 네가 좋았다고 말하는 것은 썩 나쁘지 않다는 뜻이냐고 물었다. 은하는 고개를 갸웃하더니 답했다.

그 한 가지

나쁘지 않은 건 내게 좋은 거야. 그렇다고 나쁜 게 많은 건 아니었어.

준수는 고개를 끄덕였으나 수긍하는 의미는 아니었다.

무슨 이야기를 하고 싶은 건지 모르겠지만, 함부로 하게 내버려둔 얘기는 하지 않는 게 좋아. 위험해질 수 있거든.

당신이 위험한 사람은 아니잖아.

사람들은 가끔 예의 없는 사람이 되기도 하니까.

누가 누구에게 함부로 할 수 있을까. 제멋대로.

준수는 은하가 당황할 때 어떤 표정을 짓는지 잘 안다. 눈앞의 광경을 믿을 수 없을 때 가늘어지던 눈빛도 기억한다. 그리고 이렇게 주고받던 서로의 대화도. 아무런 말 없이 가만히 시간이 흘렀다. 잠시 후, 준수는 모든 게 좋았던 연인과 헤어진 이유를 내게 말하는 이유는 무엇이냐고 물었다. 흰색이었다가 노란색이었다가 언젠가 파란색이기도 했지만 장마철이 되기 전에 검은색 결로방지 페인트를 칠해놓은 벽면에 눈길을 두었다. 은하는 대답이 없었다. 준수는 고민 끝에 그럼 나는 어땠느냐는 질문을 하고 말았다.

모든 게 별로였어. 하지만 한 가지는 좋았어.

그게 뭐였냐고 묻기 전에 은하가 말을 이었다.

그 한 가지는 뒤통수가 납작해지도록 기대앉아 대화를 나누던 시간이었어.

    일 층 공동 현관 비밀번호는 준수가 전에 쓰던 번호 그대로였다. 바꾸지 않고 사용한 모양이었다. 우편함에는 여자 앞으로 온 증권회사 거래 내역서와 백화점 홍보물과 홈쇼핑에서 나오는 책자가 있었다. 꺼내려다 그냥 두었다. 여자가 알려준 여섯 자리 비밀번호를 누르고 짐이 다 빠진 텅 빈 집으로 들어갔다. 여덟 달 만의 귀가였다. 이 년 전에 준수는 연인이었던 은하를 이 집에 초대했었다. 그러니까 말하자면 은하는 헤어진 준수를 찾아와 자신의 이별 이야기를 한 거였다. 어떤 마음일까. 준수는 그 마음을 가늠하려 했으나 복잡하게 갈라진 길 어딘가에 서 있는 기분이었다.

    베란다 창밖으로 주상복합 단지 안에 주차된 이삿짐 트럭이 보였다. 이삿짐센터 직원들은 점심을 먹으러 단지 밖으로 나가고 있었다. 거실과 베란다 그리고 일부러 공간을 내어 만든 다용도 팬트리와 방을 둘러보았다. 거실 형광등은 다섯 개 중 한 개만 불이 들어왔는데 그나마 침침했다. 여자는 혼자 살았을지도 모른다. 이따금 와서 아귀가 맞지 않은 창틀을 맞추거나 형광등을 갈아주는 사람도 없었을 것이다. 그게 아니라면 도움이 필요할 때 누군가에게 부탁하기 어려워하는 사람일 것이다. 준수는 이런저런 생각을 하며 어둑해지기 시작한 실내를 다시 실폈다. 웨인스코팅으로 장식한 거실 벽면의 스크래치를 살피다 베란다의 파벽돌 하나하나에 눈길을 주었다. 준수는 문득 생각난 듯 화장실로 들어갔다. 그런데 사기로 된 변기의 저수조 뚜껑이 없었다. 짐을 빼던 이삿짐 직원이 깼다는 말을 전해 들은 것도 같았다. 게다가 비데를 설치했다가 떼어갔는지 변기 시트커버가 건성으로 달려 있었다. 조심스레 앉았지만, 한쪽 볼트가 헐거워지면서 그의 엉덩이가 깔개 밖으로 미끄러졌고 순간 균형을 잃고 손바닥으로 바닥을 짚었다. 세입자였던 여자가 예의 없고 이기적인 사람이라는 생각은 하고 싶지 않았으나 그렇더라도 하는 수 없다고 손을 씻으며 중얼거렸다.

이게 무슨 자국일까. 우드 칸살로 가벽을 세워 드레스 룸과 방의 공간을 분리한 안방을 둘러보다 네모난 자국을 발견했다. 거실 바닥의 검은 얼룩은 배구공만 했다. 준수는 주의 깊게 살피기 시작했다. 베란다에 돌출된 파벽돌 하나의 귀퉁이가 깨져 있었고 현관에서 거실로 가는 곳에 그림을 걸도록 설치한 액자 레일 하나가 고장 나 있었다. 벽에 구멍을 내지 않게끔 천장에 시공한 와이어 걸이였는데 철삿줄 하나가 중간에 끊어져 있었다. 손으로 잡아당기자 좌우로 이동되지 않고 헐겁게 바닥으로 딸려 내려왔다.

 집을 돌아다니던 준수는 여러 곳에서 얼룩을 발견했다. 안방 붙박이장 부근과 거실 벽걸이 텔레비전 아래와 건넛방의 문 뒤에서. 방과 거실 바닥은 밝은 갈색 무늬목으로 나무의 결이 그대로 살아 있었는데 동그랗거나 네모난 검은 자국이 그 결을 훼손하고 있었다. 붙박이장의 문을 하나하나 열어보며 여자를 떠올렸다. 새벽 두 시쯤의 졸린 눈으로 여자는 얼룩을 바라본 적이 있을까.

 식사를 마친 이삿짐 직원들이 하나둘 들어왔다. 열린 창문으로 내려다보니 사다리차가 수평을 맞추고 있었다. 분주하게 이삿짐 옮길 준비를 하는 것을 바라보다 밖으로 나왔다. 지하 주차장으로 내려가 자동차 문을 열고 발 매트에서 뒹굴고 있던 음료수병과 대시보드에 있는 각종 영수증, 오래된 마스크 등 쓰레기를 모아 빈 종이 가방에 담았다. 트렁크를 열자 '건축가의 목표'라는 제목의 책과 완성하지 않은 설계도면, 그 옆으로 레터링 원칙을 빼곡하게 적은 노트 등이 있었다. 준수는 지난주까지 건축 사무소에서 공간을 계획하는 일을 했다.

 이젠 공간에 건축물을 짓는 것이 아니라 건축물이 공간을 만드는 시대입니다.

 갓 들어온 신입 건축가는 준수의 등 뒤에다 타이르듯 말했다. 길을 설계할 때는 물론 건축물을 지을 때도 공간을 먼저 계획해야 한다는 준수와 신입 건축가는 늘 의견이 충돌했다. 선불을 설계하는 목적과 그 가치를 고민해봤냐는 질문이 이어졌다. 당연한 것은 없고 꼭 객관적이어야 할 필요도 없으며 복잡한 문제가 생겼다면 다시 설계하고 다시 협상할 수 있어야 한다고 했다.

포기하세요. 문제가 있으면.

건축설계를 의뢰한 건물주의 불만이 접수되었다. 공간을 두기 위해 건물의 방향을 남동향으로 조금 바꾼 상태였는데 그것이 문제였다. 신입 건축가의 말이 회사를 그만두라는 말은 아니었으나 준수는 자신의 자리를 내려놓아야 한다는 것을 알았다.

창문이 없는 방을 원하는 사람이 있을 수 있고 계단 없는 이 층을 주문하는 사람도 있을 수 있다고 했다. 기둥은 물론 수도관 파이프와 덕트, 전기선 같은 보조 설비들이 노출된 건축물이 오래전부터 주목받기도 했다는 것과 기능을 우선시하는 형태에 관해 익히 잘 알지 않냐는 질문이 이어졌다. 말끝에는 창조라고 생각해보세요, 라고 아량을 베풀 듯 그에게 의견을 제시했다.

준수는 공간을 무시한 건축물은 그 공간을 침범하는 설계가 아니겠냐고, 기능 이전에 정서를 고민하는 게 먼저라고 말하지 못했다. 창조라는 말은 함부로 쓰는 게 아니라고, 기억을 불러오거나 기껏해야 기억을 찾은 일이니 어쩌면 발견에 가깝지 않겠냐고 묻지도 않았다. 십오 년 다닌 회사를 그만두는 것은 자신보다 그가 합리적이라는 생각이 들어서였다. 책상을 정리하던 준수 곁에 가깝게 지내던 직원들이 다가왔다. 자신은 큰 타격을 입거나 뼈저린 후회를 할 만한 일을 한 것도 아닌데 마치 몸에 난 상처를 염려하는 것처럼 그들은 위로의 말을 건넸고 준수는 그런 동료들마저 불편하게 생각되었다.

집에 빛을 주기 위해 창문을 내고 계단은 공간을 잇기 위해 설계하며 방은 자리를 두기 위해 만든다고 준수는 그들을 뒤로하며 중얼거렸다. 사람 사는 세상은 효율성에 앞서 인간적이어야 했다. 그것이 준수가 생각하는 건축의 목적이었다.

아직 남아 있는 것들을 종이 가방에 담아 아파트 단지 안에 동별로 만들어놓은 재활용 집합소에 갔다. 음료수 통을 플라스틱이 들어 있는 자루에 던져 넣고 폐지가 모여 있는 구역 안에 종이 가방을 내려놓았다. 그곳에서 스티로폼을 정리하던 경비원이 그에게 한마디 하려는지 검지로 재활용 날짜를 지켜주세요, 라고 쓴 안내판을 가리켰다. 마스크 위로 보이는 서로의 눈빛이 마주쳤다. 준수는 머리를 숙이며 말했다. 죄송합니다. 경비원은 하려던 말을 혀끝에서 녹이는 듯 쩝쩝 소리만 냈다. 준수는 뒤돌아 손을 두어 번 털고는 아파트 정문을 향해 걸어갔다.

관리사무소 옆 공간에 어느 집에선가 뜯겨 나온 붙박이장이 서 있었다. 생활폐기물 처리장은 따로 있는데 누군가 급하게 버리고 간 듯했다. 짙은 호두나무 색이어서 내려앉은 먼지까지 하얗게 보였다. 흠씬 주먹세례라도 받은 모양으로 여기저기 홈이 파여 있고 얼룩덜룩 손자국도 보였다. 준수의 눈길이 잠시 머물렀다. 비뚤게 문이 닫힌 장은 내부 어딘가 토막이 난 것처럼 형체를 굽히고 서있는데 경첩이 풀려 떨어질 듯한 다른 한쪽 문이 바닥에 내려앉아 오히려 중심을 잡고 있었다. 두 사람의 모습이 떠오르는 이유를 준수는 알 수 없었다. 푸른 멍이 보이지 않도록 여름에도 긴소매를 입던 박 씨와 화를 못 이겨 굽어진 채 기세가 남아 있던 김 씨. 그 당시엔 몰랐고 지금은 알고 싶지 않은 일. 김 씨의 기억이 떠오를 때면 준수는 얼굴에 붙은 검불을 떼어내려는 것처럼 고개를 흔들었다.

김 씨와 박 씨가 자는 안방에는 자개장롱이 있었다. 오동나무로 만든 양문형으로 나비경첩과 동그란 고리 손잡이가 달려 있고 꽃문양이 측면까지 있는 장이었다. 어느 날인가 장롱에 얼룩을 만들었다는 이유로 준수는 김 씨에게 매를 맞았다.

자개가 감싼 문짝 아래 짧은 발통 이음새가 진작부터 얼룩덜룩했다. 자신이 그런 게 아니라고, 절대 그러지 않았다고 말했다. 그것은 진실이고 절대로 거짓이 아니었으나 소용없었다. 오히려 거짓말을 한다는 가중 죄가 붙어 옷이 벗겨진 채로 매를 맞았다. 아닌데, 정말 아닌데. 어린 소년은 억울한 마음에 울었다. 자꾸 쳐지는 엉덩이를 똑바로 들라며 배와 성기 사이에 차갑고 단단한 알루미늄 야구 배트를 대고 올렸을 때 어린 소년은 김 씨를 바라보았다. 김 씨의 눈동자는 훈육하는 사람의 시선이 아니었다. 어린 소년은 느낄 수 있었다.

준수는 아파트 진입로를 돌아 나오다 화단을 밟고 올라서서 앞에서 빠르게 다가오는 전동 킥보드에 길을 비켜주었다. 다시 내려서는데 아랫배에 서늘함이 느껴졌다. 멀어진 전동 킥보드를 바라보았다. 준수는 피할 수 있는 것을 피하긴 했으나 마주치지 말아야 하는 것을 마주친 기분이었다. 관리사무소에서 경비 한 명이 나와 장롱에 재활용비를 정산했다는 내용의 스티커를 붙였다.

단출한 이삿짐을 다 올리고 정리까지 마친 직원들이 후기로 칭찬의 글을 남겨달라는 말을 남기고 갔다. 준수는 모두 빠져나간 집에 홀로 남아 멍하니 거실의 얼룩을 보았다. 가만히 바라보면 그림 같기도 했다. 여자는 무슨 그림을 그린 것일까. 혹시 집 전체가 그림이있는네 여자가 여백을 만든 것은 아닐까. 그림만 있는 집에 공간을 만들었다. 거기까지 생각이 미치자 준수는 지금 막 잠에서 깬 것처럼 아득해졌다. 그렇다면 너무 큰 그림이 아닌가. 그림을 조금씩 지워나가려고 했을까. 그림이 그림답지 않았으므로 이렇게 큰 그림을 훼손했더라도 아무 말 할 수 없다고 고개를 주억거렸다. 그림을 지우고 다시 그리면 어찌 되는가. 선과 면으로 이루어진 얼룩의 테두리를 경계라 한다면 내부와 외부의 구분이 가능한가. 준수는 자신이 움직이는 이곳이 그림의 내부인지 외부인지 알 수 없었다.

건축을 배울 당시 이 집을 리모델링했다. 친환경 블록으로 꾸민 현관의 분위기에 갤러리 몰딩으로 마감한 신발장이 꽤 잘 어울린다고 생각했다. 공간이 훨씬 넓어 보였다. 준수는 현관문의 비밀번호를 새로 지정하고 밖으로 나갔다. 정문에서 백 미터쯤 떨어진 슈퍼에 들러 다양한 용도의 세제와 우유와 달걀을 샀다. 다시 집으로 돌아와 새 비밀번호 네 자리와 별표를 눌렀다. 김 씨와 함께 살 때 비밀번호는 열다섯 자리였다. 무작위의 숫자는 식구들의 생일도 기념일도 아니었다. 허락받지 않은 누군가 들어올지도 모른다는 두려움 때문이었을까. 아니면 온 식구들이 집에 들어가기 전에 치러야 하는 시험이었을까. 박 씨는 늘 외우지 못해 준수에게 전화를 걸고는 했다.

준수는 얼룩 앞에 앉아 그것을 지우기 시작했다. 수세미로 문지른 바닥이 우둘투둘해졌다. 주방 세제로 닦고 표백제로도 닦았으나 오히려 조금 더 번질 뿐, 검은 얼룩은 변함없었다. 얼룩 없애는 방법을 검색하여 예전에 사둔 세척 스틱으로 닦아도 소용없었다. 초음파를 이용한 미세기포가 스며들어 얼룩의 색을 희미하게 만들 거라고 기대했는데 아니었다. 배구공만 했던 얼룩이 넓어져 짐볼만큼 커졌다. 붙박이장 앞의 얼룩은 장 중간까지 올라와 있었다.

가만히 얼룩을 바라보던 준수가 여자에게 전화를 걸었다. 집에 얼룩이 남았는데 지워도 지워지지 않는다고 말해야 할까. 망설이며 기다렸으나 여자는 전화를 받지 않았다. 집에 얼룩이 있는데 원래 있던 거냐고 물어야 할까. 준수는 곧바로 걸려온 전화를 받았다. 네. 여자가 아닌 김 씨의 목소리가 들려왔다. 오늘 네 엄마 기일인데 아느냐고 물었다. 준수는 대답하지 않고 가만히 있었다. 박 씨가 세상을 떠나고 홀로 살던 김 씨는 종교 단체에서 운영하는 실버타운에 들어갔다. 다른 곳에 비해 저렴하고 시설도 괜찮았다. 박 씨가 있는 납골 공원에 가려는데 함께 가겠느냐고 다시 물었다. 다녀오세요. 저는 일이 있어요. 준수가 답했다.

  너 늘 그 모양이구나. 네가 하고 싶은 대로 해라. 네 모습을 다 지켜보고 있을 거다. 무슨 말인지 알겠느냐. 독실한 신자인 김 씨는 늘 말을 이렇게 했다. 준수는 지켜본다는 게 어떤 의미인지 알고 하는 말인지 궁금했다. 김 씨는 자신의 모습을 누군가 지켜본다는 생각은 하지 않았을까. 그런 눈을 의식했다면 박 씨의 손목을 묶을 수 없었을 거라고 준수는 생각했다. 신이 눈감아주고 용서하고 모르는 척해주었다면 당신과 그 대단한 신은 공범이 아니겠냐고 말하고 싶었다. 공범 주제에 지켜보면 어쩔 거냐고 따져 물으려다 아무 말 없이 전화를 끊었다.

  준수는 다시 지우기 시작했다. 그런데 얼룩을 없애려고 할수록 나무의 결이 벗겨졌다. 여자가 만든 얼룩이 아니라면 원래 있었던 자국일까. 그것도 아닌 듯했다. 세입자가 집을 보러 왔을 때도, 이사 들어올 때도 별다른 말이 없었다. 세입자들은 임대인이 나중에 손해배상을 물을 것을 대비하여 자신이 들어올 당시 파손된 것들을 명시하는 것이 대부분이었다. 벗겨진 나뭇결이 가시가 되어 떨어져 나왔다. 물결무늬는 온데간데없이 사라져 보이지 않았다. 회복할 수 없는 상태가 되어가는 것은 아닌지 준수는 불안했다.

뒤룩뒤룩 살이 찐 얼룩말. 거구의 토끼. 얼룩은 보는 각도에 따라 변했다. 알아보지 못할 만큼 부푼 글자. 바람 빠진 풍선 같은 몰골. 하늘을 바라보는 자세로 누운 개구리. 미세하게 떨던 팔과 다리가 이제 막 경직된 것처럼 보였다. 준수는 얼룩을 지우려고 팔에 힘을 주고 손목을 움직였다.

어느 순간 고개를 깊숙이 파묻은 자신이 의식되었다. 그 당시엔 몰랐고 지금은 알고 싶지 않은 일. 그 일을 떠올리면 이상한 기분에 휩싸였다. 알루미늄 야구 배트에서 과격한 소리가 났다. 냉소 가득한 눈빛에 담긴 다른 감정. 그 당시 김 씨의 눈이 무언가를 채우려는 조바심으로 벌어지며 그에게 다가들었음을 기억했다. 때리는 감각은 아픔의 감각을 동시에 갖고 있었을까. 이따금 박 씨의 두 손목엔 검붉은 멍 자국이 선명했다. 현관문 비밀번호를 외우지 못해 준수에게 전화를 건 날이었다.

김 씨가 외출하면 박 씨는 종종 어린 소년에게 함께 죽자고 했다. 곁에 위험한 도구나 몸을 가누지 못할 만큼 놀라운 언어가 있었다. 살고 싶지 않아. 보란 듯이 죽어버릴 거야. 내가 없는 세상에서 네가 살 수 있겠니? 손이 묶여 있곤 하던 박 씨의 손목은 푸른 팔찌가 채워져 있는 듯했고 반소매 안으로는 빨간 사인펜 자국이 미세한 균열처럼 퍼져 있었다.

뒤통수가 납작해지도록 의자 등받이에 기대앉았다. 그때 무슨 대화를 나누었던가. 은하의 손목에 걸린 은팔찌가 반짝였다. 준수는 끝내 푸른 팔찌 이야기는 하지 않았다. 혹여 은하가 만든 얼룩일까. 어쩌면 자신이 지어낸 것일지도 모른다는 생각이 들었다. 은하가 집에 온 날, 식탁을 사이에 두고 함께 마주 앉아 밥을 먹었다. 일기예보에 없던 비가 내리기 시작했고 그 빗소리를 들으며 대화를 나누었다. 이따금 입 밖으로 소리 내어 웃었다. 즐거운 듯했다. 준수는 그 자리에 앉아 있는 이가 자신이 아닌 것 같아 자꾸만 수저 오목한 부분에 자신을 비춰보던 기억마저 떠올렸다.

공연할 때 안무를 하느냐고 물었던 것 같다. 사람들의 느린 움직임이 마치 춤처럼 보인다고 하면서. 준수는 움직임의 방향을 정하거나 계획하는 일은 없다고 설명하며 자신을 의식하는 것만 계획한다고 말했다. 은하는 자신을 의식하는 게 꼭 필요한 거냐고 물으며 크림을 바른 빵을 접시에 내려놓고는 포크로 찍어 먹었다. 빵을 먹을 때 포크에 걸린 빵이 흔들리면서 은하의 입가에 하얀 생크림이 묻었다. 준수는 그 모습을 물끄러미 바라보며 미소 지었다. 어릴 때 자신이 좋아하던, 성가대에서 피아노를 치던 오빠의 기다란 손가락을 닮았다고 말하며 은하가 준수의 손을 잡았다. 손이 참 따듯하여 준수는 가슴이 뭉클했다.

 박 씨의 손을 잡으려던 어린 소년은 손목에 두른 푸른 팔찌에 마음을 빼앗기곤 했다. 그런 날은 밖에 나가 늦게까지 집에 들어가지 않았다. 박 씨의 손이 따뜻했던가. 기억나지 않았다. 오래도록 집 밖에 있다가 깜깜해지면 용기 있는 어린이라도 된 듯 어두운 골목을 성큼성큼 걸어 들어가며 주문을 걸었다. 나는 힘이 세다. 나는 키가 크고 힘이 세다. 빨리 어른이 되어야지. 김 씨를 집에 들어오지 못하도록 단단한 대문을 만들고 두꺼운 현관문을 만들고 착한 사람만 아는 주문을 만들어서 그걸 불러야 문이 열리는 방문을 만들 수 있게 해달라고도 빌었다. 박 씨가 어디에 가면, 어떻게 가면 안전하게 머물 공간이 있는지 얘기해줘야겠다고 생각하다 미처 알아두지 않았다는 것을 깨닫고는 자책했다. 발걸음이 무거워지곤 하던 그때, 발꿈치를 높이 들고 걷던 어린 소년은 복사뼈가 이따금 아팠던 것 같다.

 아파트 정문을 나서 후문까지 걸었다. 편의점에 들러 음료와 해열제를 샀다. 예전처럼 밤에 열이 날지도 모르는 일이었다. 일 층 현관에 들어섰다, 엘리베이터가 지하에서 올라오고 있었다. 문이 열리자 세입자였던 여자가 보였다. 마스크 위로

졸린 두 눈이 조금 커다래지면서 준수를 바라보았다.

어디 가세요?

준수가 의아해하며 물었고 여자는 뭔가 들킨 사람처럼 어수선하게 움직였다. 가방과 머리와 신발과 엘리베이터 버튼에 시선을 두었다.

택배가 왔는데요. 집 앞에 두었다고 해서 찾으러 왔어요. 아직 주소 변경을 못 했거든요.

준수는 얼룩 이야기를 해야 할지 고민했다. 손해배상이나 원상복구 때문이 아니고 그저 얼룩을 지우고 싶기 때문이라고.

아까 전화를 못 받았어요. 너무 화가 나 있었거든요. 남자친구와 헤어졌는데 그 친구가 제 카드로 산 노트북 청구서가 날아왔어요. 심지어 십이 개월 할부로 사서 아직도 칠 개월이 남은 거예요.

아무리 생각해도 일곱 달은 너무 길다는 듯 여자가 잠깐 손을 꼽았다.

남자 친구와 함께 살았나요?

그런 셈이죠. 내가 일하러 나가면 집에 있곤 했으니까.

이사 나갈 당시 관리비에 청구된 전기세가 오십 만원 가까이 되었던 사실이 떠올랐다.

그런데 집에 얼룩이 있어요. 지워도 지워지지 않아요.

네? 그럴 리가 없어요. 저는 얼룩 같은 건 보지 못했어요.

들어와 보실래요?

졸음에 겨운 눈을 가진 사람은 위험에 빠질 수 있다. 그런 사람을 알아보는 준수는 여자에게 이런 식으로 아무나 따라가면 안 된다고 말하고 싶었다. 앞서 걸으며 여자가 몇 걸음 뒤에 쫓아오는지 살폈다.

혼자 사시나요?

준수 뒤에 선 여자가 물었다.

모르겠어요.

무슨 대답이 그래요?

전에 만나던 여자 친구가 연인과 헤어졌다고 나를 찾아와 고백했어요.

아직 감정이 남은 건가요? 오래 만났어요?

저와 만날 때 모든 게 별로였다는데 한 가지는 좋았다더군요.

일 년이 조금 못 되게 그러니까 여덟 달 정도 만났을까, 생각하는데 문득 은하의 말이 떠올랐다. 이백사십 일을 만났다는 남자 친구는 누구였을까. 준수는 은하의 말들을 곱씹었다. 술을 마시면 폭력적으로 변했어. 그래서 헤어졌는데 자꾸 기억하는 게 있어. 준수는 그가 자신인 것만 같았다. 엘리베이터가 열리고 여자와 함께 내렸다. 새로 지정한 비밀번호를 누르고 현관문을 열었다. 신발을 벗고 중문을 열고 거실로 들어갔다.

여기요. 그리고 여기도요.

들어가자마자 준수가 얼룩을 가리켰다.

아, 이거 말하는 거예요? 이건 얼룩이 아니라 파손된 거잖아요. 제가 살 땐 없었어요. 확실해요.

준수는 가만히 자신을 의식하며 서 있었다. 무슨 말을 해야 할지 몰랐다.

대체 언제 이렇게 긁혔을까요. 이삿짐센터에 연락해보는 게 어떨까요?

네, 그래야겠어요. 미안해요.

괜찮다고 손사래를 치고는 여자가 돌아서 나가다 뒤를 돌아보며 물었다.

근데 아까 하던 얘기 있잖아요. 제가 촉이 좀 있는데요. 여자 친구는 아저씨와 다시 시작하고 싶은 거 같아요. 뭔지 모르겠지만 아저씨도 그 한 가지가 좋았나요?

여자의 물음에 돌이켜보았다. 뒤통수가 납작해지도록 기대앉아 은하와 이야기하던 시간을.

여자가 현관 앞 철문 안에 둔 택배를 찾아가고 준수는 거리로 나왔다. 초록불이 켜진 건널목에 그대로 서서 하늘을 바라봤다. 긴 항적운이 하늘을 가로질러 떠 있었다. 이상하게 슬픈 기분이었다. 준수는 솔직하게 말하고 싶었다.

나도 좋았다고. 하지만 두려웠다고. 은하와 함께 햇살 들어오는 집의 창문과 따뜻한 실내 그리고 튼튼한 집의 구조에 관한 이야기를 했다. 그런데 내가 나를 믿을 수 없는 시간이 불현듯 찾아오면 당황한 은하가 울상이 된 채 말했다. 믿고 싶었다고. 내가 한 얘기에 꿈을 꿀 수 있었다고. 거짓말쟁이가 되지는 말아야 하는데. 은하를 힘들게 하는 인간은 그게 누구든 죽이고 싶었다. 부당한 대접을 하는 상사나 운전 중 위험하게 끼어들어 사고를 일으킬 뻔한 트럭 기사 그리고 언어폭력으로 마음에 상처를 준 인간들. 폭력적으로 변했다는 친구도. 무슨 일을 저지르는지도 모른 채 학대가 일상이 된 누군가에게 오래전 야구 배트 잡은 손에 느꼈을 감각을 되돌려주고 싶었다. 그런데 그러면 안 되니까. 폭력은 갚는 게 아니니까.

몸집이 큰 슈나우저 한 마리가 천천히 걸음을 옮겨 건널목 앞에 섰다. 나이가 꽤 들어 보인다. 나이 든 개는 고개를 똑바로 들지 않고 걷는다. 뼈가 구부정하게 굽어지는 대신 온몸을 옹송그린 채, 살아 있게 하는 장기의 기능에 집중하느라 안으로 말려 들어간 자세다. 앞다리와 뒷다리의 내딛음에 엇박자가 난다. 준수는 가끔 나이 든 개의 역할을 했다. 얼굴에 개 분장을 하고 경험해본 적 없는 개의 표정과 몸짓에 집중했다. 은하가 초등학교 때부터 기른 푸들이 스물두 살이 되던 해 준수를 만났다고 했다. 은하는 매일 걱정했다. 잠이 든 녀석의 숨소리가 고르지 않거나 걷는 것마저 어려워 겨우 걸음을 옮기다가 쉽사리 미끄러질 때 그리고 평소에 환장하던 간식에 관심을 두지 않을 때도. 푸들을 떠나보낸 날도 준수의 공연을 보러 왔다고 했다. 무대 위 개가 된 그를 은하는 응원했고 어떤 배역을 맡든 초대장을 보내면 연극을 보러 와주었다.

건널목을 건너는데 저만치에서 바쁘게 흔들리는 작은 손바닥이 보였다. 맞은편에 중학생쯤으로 보이는 여학생이 자신을 향해 손을 흔들었다. 준수는 선명하게 보려고 눈을 찌그리며 바라봤지만, 아는 학생이 아니었다. 뒤를 돌아보니 서너 명의 남학생들이 여학생을 못 본 척하며 저들끼리 이야기하고 있었다. 야, 씹새끼들아. 여학생이 소리쳤다. 옆에 있던 아주머니가 당황한 듯 턱이 아래로 내려가 벌어진 입을 손으로 덮으며 고개를 돌렸다. 그제야 남학생들이 고개 들어 바라보고는 손을 들었고 그중 한 명이 야, 너 거기 있어, 여학생에게 소리쳤다.

무슨 말일까. 준수는 생각했다. 야, 너 거기 있어. 가만두지 않겠다는 말 같기도 하고 우리가 갈 테니 건너오지 말고 기다리란 말로도 들린다. 누군가에게 그런 말을 건넨 적이 있던가. 준수는 뒤통수가 납작해지도록 기대앉아 은하와 나누던 대화를 기억하고 싶었다. 자신을 의식해야만 하는 까닭을 물었을 때 준수는 이런 말을 했다. 이따금 나를 신뢰할 수 없는 시간이 온다고. 그 시간엔 쭈그리고 앉아 얼룩을 지우고 있었다고. 엉망인 건축물이 공간을 침범하는 일은 막아야 하지 않겠느냐고 묻자 은하가 눈길을 돌렸다.

창밖으로 보이는 풍경이 참 좋아.

바깥에서 보는 실내 풍경이 좋으면 어떨까, 자주 생각해.

밖에서 안이 보이면 곤란하지 않을까?

은하가 준수를 언뜻 바라보고는 웃었다.

나는 가끔 커다란 창문을 그려. 큰 창문으로 보면 내가 꿈꾸는 풍경이 조금은 보이지 않을까, 그런 생각을 했던 것 같아.

이렇게 등을 돌리고 앉아봐.

준수가 일어나 은하의 의자 등받이를 돌려주었다. 자신도 창문을 등지고 앉았다.

미닫이창이 있고 붙박이창도 있어. 여닫을 수 있는 창도 있고 내려 달을 수 있는 창도 있지. 형태나 크기는 여러 가지지만 창은 집에 빛을 주기 위해서 만드는 거야. 보여? 햇살이 집에 들어와 있어.

그러네. 따뜻해.

은하의 발가락에 햇살이 앉아 있었다.

가로등 아래 목줄이 헐거워진 도베르만이 서 있다. 전의를 상실한 듯 사냥꾼은 먼 곳을 응시하고 있다. 까만 신호등에는 보행신호가 구분되어 있지 않았다. 무대 위에 오르기 전 누군가는 아무짝에도 쓸모없는 것들이 되고자 했다. 아무런 역할이 없는 역할. 그러나 가만히 놓여 있거나 박혀 있거나 삐딱하게 세워지고 헐겁게 풀려 있는 것들 모두 역할이 없는 것은 아니었다. 오늘 준수는 산 아래 집이 되었다. 누군가는 산이 깎인 곳에 언덕이 되고 그 곁에 화단이 되고 다른 누군가는 흙의 무게를 견디고 있는 옹벽이 되었고 그 축대 벽이 무너지지 않도록 보강재가 된 이도 있었다. 준수는 무대 구조물 뒤에 서 있었다. 눈부신 조명이 햇볕인 양 준수를 비추고 있어서 객석이 창문인 듯 여겨졌다.

집은 튼튼하게 지어야 해. 철골이나 콘크리트 골조로 기둥과 보를 만드는 거야. 구조적으로 기둥이 지지대거든. 그런데 중요한 게 있어. 기둥을 세우기 전에 기단을 먼저 쌓아야 해.

집 지을 터를 잘 정돈한 후에. 내 생각에 이러한 일은 누군가와 함께하고 싶은 그 마음을 상상하게 되는 작업 같아. 외벽도 신경 써야겠지. 추위나 바람을 막는 보호벽이니까. 그리고 창을 배치할 땐 공간과 조화를 이뤄야 하는데 그거 알아? 방문과 현관문의 방향도 창문의 위치를 보고 정하는 거. 편안한 집이 되어야 하니까.

언젠가 준수는 은하에게 이런 이야기를 했다. 그 오후 시간을 떠올리며 조용히 앞을 응시하고 있었다. 축대와 그 옹벽 안에 갇혀 있는 흙과 화단의 나무는 물론 구조물에도 햇살이 너울거렸다. 객석엔 단 한 명의 관객이 있었다.

집을 지을 때 커다란 창문을 만들고 싶어. 네 말대로 아주 큰 창문. 그러기 위해서는 지붕을 받쳐야 하는 구조체를 단단하게 지어야겠지. 그 창문으로 상상했던 풍경을 볼 수 있었으면 좋겠다. 멀리 꿈까지. 나도 그랬으면 좋겠는데. 준수와 단 한 명의 관객은 뒤통수가 납작해지도록 기대앉아 있었다.

그는 사랑했습니다

지하철역 부근 호텔 방에 혼자 누워 경원은 재민과 헤어지려는 마음을 먹었다. 외박은 처음이었다. 포장해온 샌드위치를 한입 베어 물고는 욕실로 들어가 씻고 벽면에 걸린 드라이어를 이용해 머리를 말렸다. 아직 젖어 있는 머리카락을 질끈 묶은 뒤 침대에 누워 텔레비전을 보다가 문득 생각난 것이 있는 것처럼 두리번거리며 가방을 찾았다.

부재중 전화는 없었다. 휴대폰을 열어 신상 패키지를 출시했다는 게임을 로딩한 후 발 도장을 찍고 출석이벤트로 하트를 받았다. 무한대로 게임을 할 수 있는 시간대가 이미 지나버려서 모아놓은 하트와 새로 충전된 하트를 모두 쓰고 레벨 클

리어와 광고 시청으로 받은 하트도 다 쓰고 보물 쟁탈전에 참여한 후 게임 창을 닫았다. 다른 게임을 열었다. 지루하게 블록을 쌓다 보니 졸음이 밀려와 그대로 불을 켠 채 자려고 베개를 껴안았다. 눈을 감고 양 백 마리를 세었다. 곧이어 어디론가 갔던 양들이 떼를 지어 다시금 경원 곁으로 우르르 몰려오면 양의 표정까지 생생하게 상상할 정도로 잠이 달아났다.

하마. 그는 종수를 왜 하마라고 불렀을까. 이불을 걷고 일어나 한쪽이 여닫이로 된 조그마한 창문을 열었다. 숨을 크게 내쉬었다. 창으로 바람 한 줄기가 새처럼 날아 들어와 커튼이며 방에 있는 것들에 부딪혔다. 실내가 소란스러워지자 모든 게 터무니없는 일로 여겨졌다. 소나기가 오려는지 어둑한 하늘에서 후두두 빗방울이 떨어졌다. 비가 세차게 오면 나가서 비를 맞자고 생각하다가 여벌을 가지고 나오지 않았다는 것을 알았다. 창문을 닫자 고요했다. 다른 세상에 온 듯했다.

휴대 전화를 손에 쥔 채로 침대에 걸터앉았다. 패턴을 알아내는 데는 오래 걸리지 않았다. 기역, 니은, 디귿 그리고 미음. 네 번 만에 화면이 바뀌었다. 경원은 패턴을 풀 때마다 네모난 문을 그리는 심정이었다. 문이 생기면 채팅방에 들어가고는 했는데 그곳에는 거의 매일 주고받은 문자가 차곡차곡 쌓여 있었다. 재민과 종수의 대화창을 열어 사랑을 검색했다.

선선한데도 왜 깊은 잠을 못 자는 건지. 아침에 침대 패드랑 베개 쿠션 커버 다 세탁기에 돌려 넣었다. 밥도 해서 먹고 이제 씻고 병원 다녀오려고. 몸살인가 봐. 좀 걷고 싶은데 차를 가져가야겠어. 이따 봐. 아무래도 너를 봐야 내가 멀쩡해지려나 봐. 몸도 마음도.

씻고 나니 개운하다. 머리도 한결 맑아진 듯하고. 아침부터 여러 번 문자를 썼다 지우고 썼다 지우고. 너에 대한 내 마음을 글로 찾기가 참 어렵다. 그냥 너도 나와 같은 마음이려니 스스로 위로하는 중.

약 먹었어? 괜찮아?

어딘가 아픈데 어디가 아픈지 잘 모르겠다.

하마가 혹시 배가 고픈 게 아닐까? 난 그럴 때 배부르게 먹으면 나아지던데.

재민의 대꾸에 종수가 이렇게 딴지를 걸었다.

사랑을 안 해서 그럴지도.

아무래도 너를 봐야 몸살마저 멀쩡해지는 나는 어떤 지경인 걸까. 재민은 종수를 하마라고 불렀다. 생긴 게 험상궂고 못생긴 게 틀림없어. 경원은 확신했다. 하마는 기다리는 일을 잘하지만, 너무 오래 기다리다 지치면 폭력적으로 변하기도 한다지. 그래서 하마인 걸까. 송곳니가 티라노사우루스보다 더 길다는데 재민은 무섭지 않았을까.

경원은 종수의 문자를 통해 재민이 혼자 사는 그의 집에 가서 함께 밥을 먹고 텔레비전을 보다 졸기도 하고 일어나 산책하기도 했을 것이라고 짐작했다. 글로 찾아 전하고 싶었던 말은 무엇이었을까. 그들의 대화는 친구 사이라고 보기 어려웠다. 사랑한다는 말, 용서해달라는 말, 조금만 참아달라는 말, 그리고 또 무슨 말로 마음을 전하고 싶었던 걸까.

그날 재민과 종수는 사랑을 나누었을지도 몰라.

경원은 문자를 읽다가 기어이 그런 생각을 하고 말았다.

대충 옷을 껴입고 호텔 방을 나섰다. 비는 그친 듯했다. 엘리베이터를 타고 내려가 피아노 연주가 들리는 라운지를 돌아 프런트를 지나쳤다. 대리주차를 돕는 직원들의 색다른 복장을 바라보며 출구와 이어지는 언덕을 올라갔다. 아담한 돌담이 이어지다 길가 모퉁이에 있는 카페의 노출 콘크리트 담벼락이 나타났다. 이물스럽지 않게 잘 어울렸다. 따뜻한 불빛을 따라 들어갈까 하다가 그냥 걷기로 했다. 소나기가 지나간 낯선 동네에서는 종이 젖은 냄새가 났다.

어둠 속에서 경원은 자신의 발걸음을 소리 나게 옮겼다.

주변이 너무나 조용해 이만 돌아갈까 했지만, 얼음장처럼 차가워진 가슴과 배가 따뜻해질 때까지 걷자고 걸음을 재촉했다. 찬 바람이 불면 팔이 시리고는 했는데 요즘은 가슴이 가장 먼저 추위를 느낀다. 가슴이 시려올 때는 누군가와의 작별 인사를 준비하고 있는 거라던 소연의 말이 떠올랐다. 항암치료는 잘하고 있을까. 정신없이 걷는 동안 나무에 걸려 있던 빗물이 한두 방울 얼굴에 떨어졌다. 종일 가방 안에 있던 샌드위치를 억지로 먹는 게 아니었다. 속이 왠지 좋지 않아 손바닥으로 가슴을 치고 있는데 어디선가 나타난 자전거 한 대가 소스라치게 놀랄 만큼 가까이 경원 곁을 스쳐 지나갔다. 멈춘 걸음에도 몸이 휘청거리고 보폭이 틀어지고 심장이 뛰었다.

누군가의 뒷모습만이 보이던 자전거가 이내 모퉁이를 돌아 그마저 보이지 않게 되었을 때는 억울한 마음이 들었다. 자전거 운전자를 불러 세워 말 한마디 할 수 없었으니까. 얼마나 놀랐는지 자칫하면 크게 다칠 수도 있었다고 따지지도 못했으니까. 경원은 우두커니 그 자리에 서 있었다. 빠르게 사라지던 자전거의 잔상만 남아 있었다. 그 사람이 남자였는지 여자였는지 아이였는지 어른이었는지도 구별하기 어려웠다. 어떤 사람이기에 그렇게 무례할 수 있었을까.

억울한 마음으로 경원은 얼굴도 본 적 없는 그의 연인을 떠올렸다. 이목구비며 키와 자세 등을 상상하다 뭔가 일을 저지른 듯 여겨져 머리를 서었다. 경원은 마음을 고쳐먹고 재민이 아무리 원해도 절대 이혼은 안 해줄 거라고 다짐했다.

여기 112호야. 이따 봐.
지난주 남자의 전화를 받았다. 재민이 출근한 후 현관 입구의 신발장 위에서 휴대폰이 울리고 있었다. 화면에는 '종수'라고 쓰여 있었다. 경원은 통화 버튼을 눌렀다. 그의 목소리는 분명 어디선가 들은 적이 있었다. 여기 112호야. 이따 봐.
남편이 휴대 전화를 두고 나갔어요, 라고 말하려는데 그는 자기 할 말만 하고 전화를 끊었다. 경원은 별다른 생각은 하지 않았다. 그러나 헐레벌떡 뛰어 들어와 휴대폰을 찾는 재민에게 조금 전 종수라는 사람 전화가 왔었다고 얘기하지 않았다. 자신도 모르게 휴대폰을 보지 못했다고, 당신이 나가다 어디에 흘린 거 아니냐고, 엘리베이터와 공동 현관을 지나 지하 주차장까지 잘 찾아보라고 했다. 그 말을 하는데 호흡이 어려워 말을 끝내자마자 숨을 몰아쉬었다. 경원은 그의 휴대폰 전원을 끄고 자신의 가방에 넣어두었다.

손바닥으로 머리를 흩트리며 드문드문 서 있는 가로등이

만드는 환한 무대 안에 들어갔다 나오기를 반복하며 걸었다. 무대 옆에는 나무 몇 그루가 줄지어 서 있고 줄기마다 초록 잎 대신 가짓빛의 열매를 달고 있었다. 이것이 연극은 아닐까. 지금 자신이 연극무대에 선 것은 아닌지. 밝은 무대 안에 들어가면서도 무대 밖으로 빠져나오면서도 그런 의문을 가졌다. 경원은 자신이 맡은 배역이 마음에 들지 않았다. 내용도 별로였다.

종수. 그는 남자였다. 차라리 여자였다면 분노하거나 용서하는 대신 재민을 미워하기라도 했을 거라고, 그렇게 허술하게 들켜버린 것만큼이나 그의 사랑도 형편없이 허술했던 거라고 비아냥거리는 것이 나았을 거라고 경원은 생각했다. 어떻게 둘 다 사랑할 수 있었는지를 의심하는 것보다.

경원은 재민과 이 년 연애를 했다. 결혼을 준비하며 그와 빨리 살고 싶어 서둘러 계약한 전셋집은 방이 두 개였고 그나마 하나는 거실 겸용 방이었다. 아는 지인에게 결혼 선물로 받은 카펫이 그 거실보다 커서 한쪽을 접어 깔았다. 화장대에 앉으면 접힌 부분에 발이 닿았는데 무심코 올리고 있다가 자국이 남을까 염려하며 두 발을 옆으로 옮기고는 했다.

혼수로 장만한 열 자 장이 나란히 들어가지 못해서 장 하나는 따로 떨어뜨려 세워야 했던 작은 방에 침대를 놓았고 그 위에서 경원은 그와 사랑을 나누었다. 사랑을 나누고 졸음이 쏟아지기 전까지 이런저런 이야기를 나눌 때면 그의 손등에 자기 손바닥을 올리고는 닭똥 냄새가 날 때까지 비볐다. 너무 좋아서 그랬다. 잠을 자다 설핏 깨는 밤엔 옆에 있는 그를 향해 고개를 돌려 작은 점 두 개가 있는 그의 목덜미를 보았다. 때로는 베고 있는 베개 쪽으로 기울어진 그의 두툼한 입술을 보기도 했다. 눈길이 닿으면 간지러운 걸까. 그가 잠결에 손을 들어 긁적이고는 했는데 신기하게도 경원이 가만히 바라보고 있던 곳이었다. 경원은 오므린 입을 손바닥으로 덮고 소리를 참으며 웃었다. 캄캄한 어둠 속에서도 그의 얼굴이 보일 만큼 가까이 있는 게 좋아서 혼자 또 그렇게 웃었다.

뭐가 그렇게 좋았을까. 괜찮아. 좋으면 그럴 수도 있어. 스스로 너무 나무라지는 말자고 경원은 중얼거렸다. 호텔 방으로 돌아오자마자 욕실로 들어가 옷을 벗고 거울을 바라보았다. 머리카락이 엉망으로 부스스해져 있었다. 어깨가 약간 왼쪽으로 기울어진 것을 보고 경원은 몸을 틀어 균형을 잡아보려 하다가 그때껏 몸이 따뜻해지지 않았다는 것을 알았다. 재민에게서는 아무런 연락이 없다.

포털사이트에서 데이터 센터에 문제가 생겨 종일 휴대폰이 먹통이 되었고, 금리가 올라 어떤 은행은 일 년 정기예금 이율이 조건 없이 6퍼센트대라는 기사를 보았다. 그리고 한때 유명했던 가수가 음주운전으로 조사 중이라는 것과 어느 중견 배우가 예능 방송에서 커밍아웃했다는 것을 주요 기사란의 한 줄 제목으로 읽었다. 십 년 연애하던 커플의 결별 소식도 있었다. 그들 곁에 다른 누군가 있었을까. 침대에 누웠지만, 쉽사리 잠이 올 것 같지 않았다. 낯선 곳에서 잠을 설쳤다고 하면 재민이 자신에게도 물어올까.

　잠자리는 불편하지 않았어? 낯선 곳이라 편안하게 잤는지 모르겠다. 초저녁에 마신 술 때문에 몸에 열나고 머리 아파서 밤새 뒤척였어. 너랑 마실 때 같지 않더라. 이제 슬슬 지겨운 일상으로 들어가야 해. 늘 하기 싫은 일을 억지로 하며 살 줄 몰랐어.
　재민이 종수에게 보낸 문자였다.
　다음 날은 종수가 그에게 이렇게 보냈다.
　하늘 맑고 바람이 선선한 기분 좋은 아침이야. 몸이 거뜬해. 너도 이랬으면 좋겠다. 체온이 느껴질 만큼 가까이 머문다는 가사처럼 늘 생각하니 곁에 있는 듯해. 재민아. 우리 오늘도 어제처럼 나란히 걷는 하루 되자.

새벽녘 잠이 겨우 들었지만 자다 깨기를 반복했고 그러느라 호텔의 조식 시간이 지나버렸다. 경원은 반수면 상태로 체크아웃 하는 열한 시까지 머물다 나왔다. 재민은 집에 없었다. 포스트잇도 보이지 않았다. 몇 달 전 어느 날 회식이 늦어져서 경원이 새벽에 들어온 적이 있었다. 현관을 열자 욕이 쓰여 있는 수십 장의 포스트잇이 집 여기저기에 붙어 있었다. 욕은 다양하지 않았고 해하려는 마음 없이 단순했던 것으로 기억했다. 현관문 안쪽 손잡이부터 시작된 포스트잇은 신발을 벗으며 바라본 중문 가운데에 그리고 거실 소파 팔걸이와 식탁 모서리, 의자 등받이마다 제각각 다른 방향으로 붙어 있었다. 군더더기 없이 선명했지만, 욕 같지도 않은 욕이고 내용 없는 욕이었다. 경원은 고개 돌릴 때마다 마주치는 욕설에 그만 황당해져 얼핏 웃다가 밤새 오지 않는 자신을 기다리며 욕을 써서 사방에 붙이고 있었을 그를 상상했다.

　결혼하고 사 년 남짓, 연애 기간까지 합하면 육 년이 넘었다. 그를 몰랐다고, 글쎄 그렇게 까맣게 몰랐다고 해도 그동안과는 다른 면모였다. 욕설이라니. 종이에 욕을 적고 있었다니. 더구나 욕설을 쓴 포스트잇을 붙이려고 고개를 빼 들고 무릎을 꿇고 등허리를 기울이고 있었을 그의 모습은 쉽사리 그려지지 않는 그림이었다. 집 안의 모든 가전제품은 물론이거니와 옷장과 창문, 액자, 탁상용 달력에도 포스트잇이 빠짐없이 붙어 있었다. 경원이 욕이 적힌 포스트잇을 하나하나 바라보다 고개를 들었다. 식탁 아래로 늘어진 샹들리에와 천장에도 마치 물건마다 달린 상표처럼 욕이 매달려 있었다. 그에게는 경원을 기다리는 시간이 너무 길었던 모양이었다.

경원아 지금 어디야? 언제 오는 거야? 전화기는 왜 꺼져 있어? 너 이러는 거 아니지. 밤새 들어오지 않는 아내를 기다리다 화가 나서 종이에 욕을 쓰는 남자. 얼른 들어와라. 걱정된다. 외박하는 나쁜 아내라고 소문낼 거야. 지금 몇 시야. 너 진짜 못됐다. 남자 곁에 수북이 쌓인 욕 더미. 시트콤이나 애니메이션의 한 장면 같았다.

여기저기 붙어 있는 포스트잇을 함께 떼면서 무슨 이야기를 했는지 기억할 수 없다. 그저 이게 뭐야, 유치해, 쓰느라 수고했네. 그런 실없는 말을 하며 숨은 그림 찾듯 찾아다녔던 것 같다. 아는 욕이 이것밖에 없어. 좀 가르쳐줘야겠어. 자신의 감정을 그런 식으로 표현하는 것이 나쁘게 보이지 않았으므로 유치한 장난을 한 것에 관해 흉을 보면서도 즐거웠던 것 같다. 작은 방 안의 걸레받이까지 덮고 남을 정도로 깔린 카펫의 먼지 냄새를 맡으며 옷장 문을 열었을 때도 시선이 머문 것은 옷걸이에 달린 욕설이었다. 솔직하게 말하면 경원은 욕이 가득

쓰인 집에서 관심받고 있다는 느낌을 받았다.

경원은 간밤 자신이 들어오지 않는 집에서 재민이 무엇을 하고 있을지는 생각하지 못했다. 씻으려 욕실 문을 열고 들어가다 그만 주저앉았다. 깨진 유리 파편이 날을 세운 채 욕실 바닥과 물이 담긴 욕조를 채우고 있었고 거울이 없어진 자리에 남은 뾰족해진 테두리는 가장자리마다 벽면의 검은 타일을 비추고 있었다. 그 순간 양치 컵이 바닥으로 떨어지며 둔탁한 소리가 났다.

퇴근 후, 아무 말 없이 소파에 누워 있는 재민의 발치에 앉았다. 둘 다 외박 이야기는 꺼내지 않았다. 화장실의 깨진 유리 조각을 치우고 씻고 나와 그는 지금껏 한마디도 하지 않았다. 십여 분쯤 지났을까. 부동산과 주식 얘기에 이어 패션과 스포츠 그리고 금리와 대출 정보들이 맥락 없이 이어지고 있는 방송을 우두커니 바라보고 있었다. 출출하다. 그가 벌떡 일어나 주방에 가서는 찜기 뚜껑을 열어 만두 하나를 손가락으로 집어 입에 넣었다. 우물거리며 다시 소파로 돌아와 곁에 앉았다. 경원은 텔레비전에 눈길을 둔 채 남자 얘기를 꺼냈다.

우리 결혼식에도 왔었어?

누구?

종수라는 사람.

그는 우물거리며 씹던 것을 멈추었다. 뭔가 망설이는 듯 눈썹을 문지르다 손바닥을 펴고 두 눈을 덮은 채 한동안 가만히 있었다. 경원은 그가 집에서 냄비 뚜껑을 열어보고 뭔가를 집어 먹고 경원 곁에 붙어 앉는 일들이 아주 오래전이었다는 걸 알았다. 오해를 풀고 싶었던 걸까. 다툼도 없이 서먹해진 일에 관해 화해라도 하고 싶었던 건지. 그가 만두를 먹고 있을 때 할 말은 아니었다는 생각이 들었다. 만두를 씹지도 않고 삼킨 걸까. 경원은 아무 말 없이 들이마시고 내뱉는 호흡이 그와 같아졌다가 달라지는 것을 의식했다. 호흡하는 게 편안하지 않았다. 그는 누군가 밀치기라도 한 것처럼 소파 아래로 내려앉았다. 머리를 헝클어뜨리고는 천천히 몸을 일으켜 식탁에 가서 물을 마셨다.

무슨 얘길 하고 싶은 거야?

그 남자 말이야. 예뻐?

요즘 화젯거리인 어떤 배우나 아이돌 이야기를 하듯이 물었다. 그렇게 묻고 있자니 얼마 전 공유한 웃긴 이야기에 관한 수다를 시작하는 기분이었지만, 그는 굳은 표정으로 아무 말도 하지 않았다. 차라리 유쾌하게 대답했으면, 그럼 그냥 재밌는 대화를 나누고 있는 것뿐이라고 생각했을 텐데. 경원의 마음과 달리 그의 표정은 어두웠다. 대답을 들을 수 없는 질문이었다는 사실을 알았으나 경원은 기다렸다.

종수라는 그 남자 예쁘냐고?

경원은 괜한 말을 꺼냈다고 후회하지 않았다.

내가 지겨운 건 아니었지?

기다리다 또 물었다. 당황한 그가 혹시 대답을 고르고 있던 것일까. 식탁 쪽으로 몸을 돌려 걸음을 떼려다 말고 무슨 말인가를 하려던 것도 그만두었다. 자신의 질문에 오히려 입을 닫은 것은 아닌지, 왜 그렇게 조바심이 나는지 모르겠지만 경원의 뛰는 가슴은 좀처럼 누그러지지 않았다.

그만하자.

그가 굳게 닫혀 있던 입을 열어 고개를 저으며 말했다.

그런 문제가 아니야.

사람과 사람 사이 그런 문제가 아닌, 그러니까 지겨워졌다고 생긴 문제가 아니라 더 심각한 문제가 있을 수 있다. 세상엔 어쩔 수 없는 일이 있다는 것을 경원은 알고 있다. 오해를 풀거나 화해할 일마저 없다면 그건 누군가에겐 불가피한 일이라는 것마저. 하지만 그런 문제가 아니면 어떤 문제냐고 묻고 싶었다.

어깨가 아픈 모양으로 손으로 목덜미 아래를 감싸고 있는 그를 바라보았다. 고개 들어 천장에 달린 샹들리에에 눈길을 두었다. 외박한 날 붙여놓았던 포스트잇은 보이지 않았다. 이제야 불을 켠 듯 샹들리에에 매달린 빛이 환하게 보였다. 경원은 왈칵 눈물이 나왔다. 눈이 시릴 만큼 예쁜 샹들리에의 반짝거림이 눈앞에 잇따랐다.

이삿날 해야 할 일을 모두 미루고 그가 집 천장만 바라보며 어렵사리 달아놓은 샹들리에였다. 오랜 시간이 걸렸다. 결혼 후, 일 년 만에 시아버지 홀로 사는 아파트 단지로 이사하는 날 그는 샹들리에를 달았다. 분주하게 짐을 부리는 인부들이 그가 올라선 의자를 피해 이삿짐을 옮겼다. 둥근 갓 가장자리를 빼곡히 채운 크리스털 구슬은 저마다 빛을 머금고 있었고 천장을 향해 들어 올려질 때마다 샹들리에는 그 빛을 뱉어냈다. 시간이 촉박하여 도배도 하지 못한 누런 벽에 빛이 어룽거렸다. 한낮의 햇살이 떼어내지 않은 창문마다 쏟아져 흐르고 천장과 벽면에는 샹들리에에 반사되어 동글동글해진 빛이 점점이 박혔다가 흩어져 바닥으로 떨어지고는 했다.

경원은 형광등을 굳이 떼어내고 샹들리에를 달고 있는 그를 이해할 수 없었다. 더구나 형광등 모양대로 벽지가 떨어져 천장엔 직사각형 모양으로 길게 시멘트가 노출되어 있었다.

똑같은 벽지가 남아 있을지 알 수 없었다. 포장 이사라고는 해도 할 일이 많았다. 방이며 욕실 그리고 주방 선반에 앉아 있는 먼지를 닦아내야 했고 창틀마다 검은 페인트를 발라놓은 것처럼 굳어 있는 먼지자국을 지워야 했다. 얼마나 오랜 세월을 버틴 것인지 잘 지워지지 않았다. 지은 지 워낙 오래된 아파트였다. 주방의 다용도실 밖으로 화장실을 확장한 구조여서 군데군데 새시가 덧대어져 있었고 철제로 된 문이 어우러지지 않게 붙어 있었다. 작은 후드가 달린 전자레인지 옆에 조리대라고 할 수 없는 좁은 공간이 바로 붙어 있는 탓에 철제문 위에는 양념이 튄 것으로 짐작되는 얼룩이 가득했다. 경원은 걸레를 들고 분주히 다니며 먼지와 얼룩을 닦다가 인부들이 부르는 소리에 달려가고는 했다.

오빠, 지금 뭐 해? 몇 번을 불렀다. 이거 좀 옮겨줘. 책장 어디에 놓아야 할까? 이리 좀 와봐. 끊임없이 불렀고 그때마다 잠깐만 기다려, 그는 대꾸했다. 그때껏 선을 연결하지 못한 샹들리에를 손에 든 상태로 그는 잠시 의자에서 내려왔다 다시 올라가기를 반복했다. 그에게 가장 시급한 것은 이사하는 집에 그 예쁜 샹들리에를 다는 일인 듯했다. 사방의 벽에 수많은 점을 찍던 빛이 결을 이룬 물처럼 아래로 위로 흘렀다. 경원은 해야 할 일들을 둘러보다 그가 매달고 있는 샹들리에를 자꾸 쳐다보았다. 그러느라 몇 차례 반사된 빛에 눈이 찔렸다. 눈을 감기도 전에 고개부터 돌리고 그제야 눈을 찌푸렸으나 그 순간 보이는 것들은 모두 윤곽이 희미해졌다. 눈을 끔벅이며 집에 어울리지 않게 너무 예쁜 조명이라는 생각을 했다.

즐거운 기억은 아니었으나 경원은 그때 열중해서 샹들리에를 달던 재민을 떠올리곤 했고 그러고 나면 함께하는 이 공간이 무척이나 소중하게 여겨졌다. 그러나 이제 다 지난 일이라고 생각했다. 울고 있는 모습을 그에게 보여주고 싶지 않았다. 경원이 목소리를 가다듬고 말했다.

오빠, 이 집에 어울리지 않는 것 같아.

날이 갈수록 모든 일상이 서툴러졌다. 퇴근하는 그를 마중 나가 기다리지 않았고 현관문을 열고 들어오는 그를 아는 척 하지 않았다. 말을 건네지도 않았으며 그와 다른 방에서 자고 아침에 일어나는 시간도 달리했다. 그는 인상 찌푸리고 있는 경원과 밥을 함께 먹지 않았고 닭똥 냄새가 날 때까지 비비도록 손을 내주지 않았고 경원이 혼수로 장만한 열 자 장마다 함부로 대해 경첩이 헐거워져 열 때마다 문이 덜렁거렸다.

재민은 경원에게 아무것도 묻지 않았다. 서로 어디가 아픈지 안색을 살피지 않았고 궁금해하지 않았다. 묻지 않는 서로에게 아무 말도 하지 못했다. 오빠가 잘못한 거잖아. 그럼 미안하다고 빌어야지. 그게 싫으면 이해해달라고 부탁이라도 해야지. 오해한 거라고 절대 그런 일 없었다고 다른 사람의 일이라고 거짓말이라도 해야 하는 거 아닌가. 경원은 자신이 원하는 말을 재민이 해주기를 바랐다.

그를 기다리다 화가 난 채로 잠이 드는 날이 잦아졌다. 새벽녘 눈을 뜨고 채팅방을 샅샅이 뒤지다 침대 위에 혼자 덩그러니 누워 있는 자신을 발견한 순간, 그런 날에는 나이트를 전전하며 모르는 남자들과 원나잇을 즐기는 여자들을 이해할 것 같았고 헤어진 남자 친구를 불러내 술을 진탕 마실 계획을 세웠고 그러다 웃긴 사람은 되기 싫다는 자존심이 머리를 들어 자신을 비웃었다. 그러면서 재민의 말을 떠올렸다.

그런 문제가 아니야.

그럼 어떤 문제인데? 싫거나 지겨워진 문제가 아니면. 예쁘고 미운 문제가 아니면.

터져 나온 경원의 물음에 그가 뭐라고 했던가. 아무 말 없는 그가 견딜 수 없이 답답해서 경원은 그에게 소리쳤다.

도대체 문제가 뭔데. 오빠 그런 사람이야? 원래 그런 사람이었어? 몰래 그러지 말고 대놓고 해. 쓰리썸 어때? 그럼 인연 끊을 일 없잖아. 남자 둘이랑 해보지 뭐. 아니지. 남자 둘이 사는데 내가 끼는 건가.

경원 앞에서 그는 고개를 가로젓고 있었다.

내가 못 할 거 같아? 그게 뭐 어렵겠어. 난 할 수 있는데 오빠가 힘들까. 한 번 생각해봐. 어차피 이제 우리 관계에 사랑 없잖아.

그가 만두를 뱉지도 못하고 씹지도 못하고 있던 그때, 경원이 했던 말은 다시 돌아오라는 말, 오빠가 싫지 않다는 말, 헤어지기 싫다는 말이었을까. 경원은 자신이 한 말을 가만히 떠올렸다. 그날 재민은 심하게 체하여 응급실에 다녀왔고 그날부터 집에서 아무것도 먹지 않았다.

재민이 귀가하지 않는 새벽엔 경원이 잠을 털고 일어나 전화를 걸고는 했다.

왜?

재민은 받자마자 전화 건 용건을 물었다.

도리는 지켜줘. 아직은 함께 살고 있으니까.

경원의 말에 아무 대꾸 없이 전화를 끊었다. 그 후, 재민은 전화를 받지 않았다. 경원은 전화를 계속 걸다가 지금이 몇 시냐고 이제껏 집에 오지 않고 뭐 하는 거냐고 문자를 보냈다. 수십 통 부재중 전화를 남기고도 시작한 음성 녹음은 짜증 섞인 목소리로 시작해서 울며불며 끝을 맺기 일쑤였다. 비련의 여주인공인 양 침대에 쓰러져 지친 채로 다시 잠이 들었다. 자신과 재민 사이에 누군가 끼어든 것이 아니라 사신이 재민과 그의 연인 사이를 비집고 들어가려는 느낌이었다.

 점심 먹었어? 난 배부르게 밥 먹고 멍때리는 중이야. 어디 시원한 데서 너랑 같이 책 보다 스르륵 잠들었으면 좋겠다.
 정말 그랬으면 좋겠네. 난 그럴 수 있는데 우리 애인은 할 일이 많아. 밥은 먹었어.
 애인이 독립운동하시나 봐요? ㅎ
 한 시간 후 재민이 종수에게 물었고 다시 한 시간 후엔 종수가 이렇게 답했다.
 독립운동을 안 해서 바쁜 거랍니다.
 아무런 이모티콘이 없어 딱딱한 말투로 느껴졌다.
 웃자고 한 얘기에 너무 무거운 이야기를 하는군. 회사 동기랑 김치찌개 집에 가서 밥 대신 소주 한 병 먹고 왔다.
 재민이 한참 후 문자를 보낸 시각은 새벽이었다.
 저녁 같이하자니까.
 그럴걸 그랬어. 하마. 보고 싶다.
 너 나빴어. 감점 5점이야. 우리 만나면 나, 왕 노릇 백 시간 할 거야.

종수의 문자에 재민은 아하하, 마음대로 해, 라는 답을 달았다.

재민이 웃었을까. 실제로도 그가 아하하, 소리 내어 웃었을까. 경원은 멈추어야 한다고 생각하면서 멈추지 않았다. 시간을 되돌려보는 일도 그들이 나눈 대화를 읽는 일도 멈추지 않았다. 스스로 상처를 내고 있다는 것을 알았지만, 말풍선마다 담겨 있는 마음을 읽었다. 그럴 때면 먹은 것이 없는데도 속이 좋지 않았다. 위통 속쓰림에 먹는 위장약을 먹다가 사레가 들려 물을 쏟고는 했다. 어김없이 터진 기침에 목을 타고 흘러내린 물이 옷을 적셨다. 젖은 옷자락을 가슴에서 떼어놓은 채로 경원은 몸을 덜덜 떨었다. 검진 예약일이 내일이었나, 모레였나, 언제였는지를 떠올리다 다른 생각에 사로잡혔다.

그와 그의 연인의 왕 노릇에 가슴을 보여달라는 주문은 없었을 테지. 아니야. 봉긋하든 밋밋하든 성감대는 같을 거야. 천천히 숨을 뱉어내면서 갈아입을 옷을 찾기 위해 헐거워진 경첩이 빠질 듯 위태로운 옷장의 문을 열어젖혔다. 하마는 수영도 못하면서 물속에 있는 걸 좋아한대. 고기를 잘 소화하지도 못하면서 썩은 고기를 먹기도 한다잖아.

벗기. 내놓기. 보여주기. 애무하기. 무엇인지는 모르지만,

재밌는 놀이일 거라고. 며칠 동안 그런 생각에 골몰한 채 경원은 서두르는 걸음으로 천 보, 만 보, 이만 보를 걸어 다녔다. 같은 옷과 같은 신발을 신고 움직이면서 고집스럽게 재민과 종수라는 사람이 함께한 왕 노릇을 떠올렸다.

나, 왕 노릇 500시간이야.

백성이 삐졌어. 말 안 들을 거야.

보고 싶다.

토요일에 보자고 해줘라.

토요일에 보자.

뭐, 그러자.

고마워.

고맙다.

경원은 고개를 흔들었다. 시키면 다하는 놀이. 원하는 대로, 마음대로, 보고 싶은 대로 뭐든 할 수 있는 놀이. 거리낌 없이. 스스럼없이. 왕 노릇이라 이름 짓고 하고 싶은 사랑을 나누는 행위.

어떤 날은 경원이 아무것도 모른 채 재민을 기다리며 반찬 몇 가지를 하고 국을 끓였을 것이다. 음식물 쓰레기를 버리러 나갔다가 혹시나 하는 마음으로 아파트 담장 너머 차도를 바라보았을 것이다. 못 볼 수가 없는데도 남편의 차가 그동안 들어왔을까 봐 주차장을 둘러보고 현관에 들어서면서도 한 번 더 뒤를 돌아봤을 것이다. 그동안 재민과 그의 연인은 왕 노릇을 하고 있었다. 경원은 나사가 풀려 헛돌아가는 목각인형처럼 고개를 흔들었다.

지난밤에 그가 들어왔는지 들어오지 않았는지 경원은 알지 못했다. 재민은 집에 없었고 욕실에는 씻은 흔적도 없었다. 병원 가는 날짜를 그에게 이야기했는지 기억나지 않았다. 오전 예약 시간에 맞춰 병원에 도착한 경원은 간호사가 안내한 탈의실에 들어갔다. 끈으로 여미는 파란색 수술복으로 갈아입기 전, 가슴이 너무나도 차갑게 느껴져서 손으로 감싼 채 잠시 있었다. 옷과 가방을 보관하는 사물함 문에 비밀번호를 지정하는 방법이 쓰여 있는 포스트잇이 붙어 있었다. 누군가의 문의에 배려 차원으로 급하게 적어놓은 듯했다. 상의를 탈의한 맨몸에 닿는 투박한 재질의 수술복이 깔끄러워 겨드랑이에 팔을 붙이지 못하고 심호흡했다.

지난주에 소연의 안부가 궁금해 전화를 걸었다. 소연은 네 번 남은 항암치료의 부담감을 뒤로하고 씩씩한 목소리로 머리카락 없는 두상에 어울리는 모자를 사러 돌아다닌 이야기며 한 달 전부터 나가기 시작한 백화점 문화센터에서 사귄 사람들에 관한 이야기를 했다. 소연은 대학 동기 중 술을 제일 잘 마시는 센 언니로 소문났었다. 미지근한 맥주는 우유부단한 남자만큼이나 질색이고 하이볼을 맛있게 마시려면 적당한 크기의 잔에 담아야 한다던 친구는 작은 체구에도 목소리가 크고 언제나 유쾌한 친구였다.

수다 떨다 보면 내가 환자인지도 까먹어.

소연은 장난스럽게 말하며 웃었다. 그러다 헤어진 남자와 우연히 길에서 만났는데 하필이면 그 시간 그곳에 가게 된 우연이 그저 우연일 뿐이라고 할 수 있는지를 경원에게 물었다. 묻고는 이내 혼잣말처럼 중얼거렸다. 그 지긋지긋한 인연이 달갑지는 않았으나 인사는 하고 싶더라고.

작별 인사를 하고 싶었어.

담담한 친구의 목소리에 경원은 잠시 숨을 크게 내쉬었다. 마지못해 웃으며 항암치료로 새까매진 얼굴을 들고 헐거워진 옷이 몸에 감기지 않도록 자세에 신경 쓰는 소연의 모습이 그려졌다. 작별 인사를 나눈 후 남자를 뒤에 두고 돌아선 소연의 표정은 떠올릴 수 없었다. 경원은 소연에게 묻고 싶은 말이 뒤죽박죽으로 엉켰다. 만일 그 남자에게 동성 연인이 있다면 넌 어떨 것 같냐고. 어떤 작별 인사를 해야 하는지. 아니 그런 가정 필요 없다고. 이제 궁금하지도 않다고. 그럴 게 아니라 우리도 그들처럼 사랑해볼래. 뭔가가 필요하려나. 행위가 뭐가 필요하겠어.

사랑하는 마음이 중요하지. 그치?

경원도 모르게 엉킨 말 중 마지막 말이 입 밖으로 흘러나왔다.

사랑? 사랑은 진작에 정리했지.

아니, 그게 아니라……. 경원이 말끝을 흐렸다. 하려던 말을 듣는다면 소연은 뭐라고 대꾸할까. 아픈 친구에게 전화를 걸어 이런 말을 떠올리는 자신이 어처구니없었다. 자신의 전화를 기다리고 있었던 모양이라고 생각할 정도로 소연은 말수가 많았다. 백화점에서 사귄 사람들이 처음에 건네던 인사와 함께 배우던 팝송과 뒤풀이의 수다가 얼마나 재미있었는지를 전할 땐 말의 속도마저 빨라졌다. 검붉게 변해버린 짧아진 손톱을 보이지 않기 위해 늘 주먹 쥐고 있던 자신에게 호의적인 관심을 보이는 사람들이 대부분이라는 대목에서 소연은 나지막하게 웃었다. 소연은 사람들의 온기를 느끼고 있는 듯했다.

그런데 있지. 사람들이 따듯하게 대하는데도 이상하게 외롭더라.

경원은 그날 병원에 다녀온 일을 친구에게 끝내 말하지 못했다. 유방암 정기검진을 위해 촬영한 영상을 보며 의사는 물혹으로 보이는 것과 색이 좋지 않은 직경 6밀리미터 크기의 종양이 보인다며 조직검사를 해보는 것이 좋겠다고 진했다. 단층 촬영과 초음파 사진을 번갈아 보다가 경원이 볼 수 있게 컴퓨터 모니터를 돌려주었다. 하얗게 보이는 부분을 가리키며 설명했다.

여기 보이시죠? 이 부분입니다.

흩어지는 연기 같았다. 경원이 보기에는 구분이 어려울 정도로 그 주변과 확연한 차이가 없었다. 그 작은 공간에 뭔가 조금 더 고여 있거나 약간 더 몰려 있어서 허옇게 보일 뿐. 그 부분을 의사는 심각한 눈길로 바라보았다. 그러고는 총기처럼 생긴 새로운 의료 장비를 꺼내 보였다. 겁먹은 경원의 표정을 보았는지 의사는 부드러운 말투로 통증이 심하지 않고 시술이 간단하다는 설명을 했다.

너무 걱정하지 마세요. 위험한 종양이 아닐 수 있어요. 그래도 조직검사는 해보는 게 좋겠어요.

경원은 우두커니 영상을 바라보았다. 치료나 절제 수술이 필요한 순간이 오더라도 가슴은 지키고 싶다고 말하지 못하고 진료실 밖으로 나왔다.

그날 하지 못한 말을 경원은 곱씹었다. 무슨 일이 있어도,

그러니까 결과가 나쁘더라도 원하지 않는 치료는 받고 싶지 않았다. 병원 진료 침대 위에 누운 채 경원은 의사에게 언제 그 말을 할지 고민했다. 어두운 병실에 검진 모니터만 밝게 켜져 있고 의사는 조직검사에 필요한 기구를 잡은 채로 신중하게 경원의 가슴 초음파 사진을 들여다보고 있다. 단층 촬영 사진과 비교하며 면밀하게 살피고 있었는데 조직을 떼어내야 하는 부분을 다시 한번 확인하는 듯했다. 경원은 부신 빛을 따라 가려는 눈길을 애써 돌리고 간호사가 이르는 대로 모니터 가까이 자세를 옮겼다. 간호사는 팔을 위로 올리라고 한 뒤 경원의 가슴옷자락을 열고는 곁에서 검사에 필요한 것들을 준비하느라 분주했다. 간호사의 움직임 때문인지 경원 앞으로 선뜩선뜩 바람이 불어왔다.

    의사는 경원의 가슴을 이리저리 눌러가며 살피다가 손에 든 기구를 삽입하고는 방아쇠를 당겼다. 경원이 들숨을 멈춘 순간, 가슴을 뚫고 발사된 총기는 탄피 대신 떨어져내린 살점을 꺼냈다. 가슴은 마치 마취 주사를 맞을 때 느낀 통증 외에는 아무것도 느끼지 못했으므로 의식적으로 떠올린 아픔이 공포로 다가왔다. 그렇다고 아예 통증이 없는 건 아니었다. 살갗에 의사의 장갑 낀 손길이 느껴지고 소독솜으로 닦아내는 간호사의 빠른 손동작이 고스란히 전해졌다. 조직검사가 필요한 부위를 찾기 위해 살 속을 파고들어 총부리를 이리저리 겨눌 때는 숨을 쉬기 어려웠다. 경원은 진료 침대 위에 그대로 누워 세 번째 총성을 들었다. 바닥으로 까무러치듯 몸을 파묻었다. 눈을 감고 있어서 감각이 예민한지도 모른다며 애써 눈을 뜨고 병실의 벽면을 응시하다 이어지는 총성에 다시 눈을 감았다.

그는 연인과도 싸운 일이 있을까. 욕을 써서 연인이 볼 수 있는 곳에 붙여놓기도 했을까. 화해할 때면 더 애틋해진다던 어느 부부의 말처럼 그와 그의 연인은 그랬을까. 어떤 모습일까. 목소리는. 성질 한 번 부린 적 없고 감정의 기복이나 변덕이 심하지 않고 무슨 이야기를 해도 잘 들어줄 것 같은 안정되고 편안한 목소리로 기억했다.

오늘 내게 감동을 준 글이야. 개처럼 살자. 개는 밥 먹을 때 어제의 공놀이를 후회하지 않고 잠을 잘 때 내일의 꼬리치기를 미리 걱정하지 않는다.
종수가 남편에게 보냈다.
안 그래도 현장에 나와 땡볕에서 땡칠이가 되어가는 중이다.
남편의 대꾸에 종수가 이렇게 답했다.
이 더위에 현장 일을 하다니. 그만둬. 내가 먹여 살릴게.

남편은 ㅎ을 세 개나 연달아 썼다. 경원은 웃는 남편의 얼굴을 그려보았다.

고마워. 네 덕분에 내 꿈인 사장 얼굴에 사표 던지는 일 할 수 있겠다. ㅎㅎㅎ

말수 없는 재민이 술을 마시면 말이 얼마나 많아지는지 경원은 결혼을 몇 달 앞두고 알았다. 그만큼 할 말이 있는 것이 아니라 한 얘기 또 하고 했던 이야기를 다시 하느라 말이 많아진 것뿐이라는 사실은 결혼 후 얼마 지나지 않아 알았다. 좀체 속을 내보이지 않는 대화는 다정하지 않았고 감정표현이라고는 소리 없이 웃거나 눈초리를 내리고 턱에 힘을 주고 있는 게 전부였다. 하지만 경원은 그런 그가 좋았다. 무뚝뚝한 그가 어쩌다 살갑게 대하거나 언젠가 자신이 한 이야기를 기억하며 말을 건넬 때, 그러니까 미리 잡은 약속이 있다면서 시간 괜찮겠냐고 묻거나 손목 아프다고 하더니 마우스를 바꿔야 하는 거 아니냐며 물어올 때처럼 아주 사소하지만, 기억하지 않으면 갖기 어려운 관심에 경원은 고마운 마음이 들기도 했다. 그런 말을 하면서 그는 웃지 않았고 대체로 정색한 경우가 많아 종종 미안했다. 그가 소리 내어 웃지 못하는 게 안타까웠던 순간처럼.

사실 그는 경원이 괜찮은 시간에 약속을 다시 잡거나 아픈 손목이 어느 쪽인지 묻지는 않았다. 전자제품 판매매장에 갔다 오면서도 마우스를 새로 사 오지 않았고 경원이 파스 냄새 풍기며 앉아 있어도 아는 척하지 않았다. 경원은 스스로 다독이며 생각했다. 잘 모르는 거라고. 표현이 서투른 것뿐이라고. 다정함도 배우는 일이고 크게 소리 내어 웃는 것도 공부해야 하는 거니까. 누군가의 웃음소리가 이따금 탬버린 소리처럼 들린 적이 있는데 그때마다 얼마나 유쾌했는지 경원은 그에게 꼭 알려주고 싶었다.

하늘거리는 원피스를 입고 참석한 모임에서 예쁘다는 말을 들었는데 그런 말 들어본 게 너무 오래돼서 무척 어색하더라는 말은 하지 않고 경원은 그저 내가 예쁘냐고 재민에게 물어볼 생각이었다. 한참을 벼르고 있었다. 그러나 그와 함께하는 동안 마음먹었던 것들을 하지 못했고 경원조차도 웃는 일이 드물었다. 종수. 그의 연인은 소리 내어 잘 웃는 사람이었을까.

땅. 총소리가 나고 가슴 일부가 여섯 번째 떼어졌다. 몸 구석구석 한기가 느껴졌다. 검사받는 쪽 팔은 머리 위로 올리고 있었으므로 조금은 자유로운 다른 쪽 팔로 배를 감쌌다. 병원의 온도는 사람에게 맞추지 않는 게 분명하다. 쇠붙이로 만들어진 진료 기계의 온도 유지를 위해 늘 서늘함을 유지하는 듯했다. 숨을 몰아쉬며 살점을 떼어내는 일곱 번째 소리에 흔들리는 몸을 붙잡았다.

차츰 체온이 떨어지는 사이 가슴에서 옆구리로 무엇인가 흐르고 있었고 간호사는 흘러내리는 것을 연신 닦아냈다. 초음파검사도 진행했기 때문에 젤 종류의 바르는 것인 줄만 알았는데 옆구리로 흐르던 것은 자신의 피였고 남들보다 출혈이 심하다는 말에 경원은 잠시 어지러움을 느꼈다. 검사가 끝난 뒤, 지혈이 필요하다는 간호사의 안내대로 회복실에서 한 시간가량을 누워 있었다. 양쪽 가슴에 테이프로 붙인, 돌멩이처럼 딱딱하게 뭉쳐진 거즈를 두 팔로 꼭 안은 채로. 눈은 감기는데 잠은 오지 않았다. 거즈를 얼마나 겹치면 이렇게 단단해지는 걸까.

투박한 수술복을 벗어 세탁 바구니에 넣고 자신이 입고 온 셔츠를 입었다. 지혈 거즈를 가슴에 붙인 그대로 탈의실에서 천천히 옷을 갈아입었다. 오른팔을 소매통에 넣고 왼팔을 넣으려고 몸을 펴다가 팔을 떨어뜨렸다. 잠시 숨을 돌리고는 뻐근함을 견디며 겨우 옷을 입었다. 마취가 풀리지 않았을 텐데도 단추를 잠그는 내내 쓰라림이 느껴졌다. 사물함에 포스트잇은 여전히 붙어 있었다. 병실을 빠져나와 오른쪽 유방에서 여섯 군데, 왼쪽 유방에서 네 군데의 조직을 떼어낸 검사 비용을 계산했다.

거즈는 내일쯤 떼어내세요. 멍이 좀 심할 수 있는데요. 빠지니까 걱정하지 마세요.

간호사가 카드와 영수증을 돌려주며 말했다.

네, 알겠습니다.

당분간 술은 삼가시고요. 사우나나 과격한 운동도 하지 마세요.

네. 공손하게 대답하곤 조직검사의 결과를 듣기 위해 일주일 후 검진일을 예약하고 돌아서서 몇 걸음 떼다가 경원은 다시 간호사에게 다가갔다.

결과는 병원에 와서 들어야 하나요? 전화 문의가 되면 좋겠는데요.

원장 선생님께 직접 들으셔야 해요. 예약 변경하시려면 전화 주세요.

네, 그럴게요. 멍은 언제쯤 빠지나요?

한 일주일 정도요. 처음엔 검푸른 멍이었다가 점점 색이 옅어질 거예요.

접수대에 주차권을 내밀어 도장을 받아 출구 방향으로 걸어가는데 수술복 입은 사람들이 대기실에 앉아 있었다. 맞은편에 무료한 표정으로 앉아 있는 남자와 눈이 마주쳤다. 운동복 차림이었다. 산부인과와 한 건물에 있는 내과이기 때문에 남자가 검진을 기다리는 모습이 어색하게만 느껴졌다. 남자도 유방암에 걸린다는 사실을 언젠가 들은 적이 있다. 휴대폰 진동 벨이 울리자 남자가 받았다. 어, 나, 병원. 얼마나 걸릴지 모르겠어. 사람 많아. 검진 끝나면 데리고 가야지. 어딘데? 임신한 아내를 기다리는 사람일까.

　병원 계단을 내려와 주차장 입구에서 경원은 우두커니 서 있었다. 휴대 전화를 꺼내 진동모드를 껐다. 은정에게서 부재중 전화가 여러 번 와 있었다. 재민의 여동생이었다. 무슨 일로 전화를 했을까. 그와 통화한 걸까. 가슴에 멍울이 있다고 재민에게 이야기해야 할까. 조직검사를 하기 위해 조직을 떼어냈는데 너무 아팠다고. 아니지, 이제 그런 사이 아니야. 그에게 말하지 말자.

　주차장에 자신의 차가 보이지 않았다. 기둥에 쓰여 있는 알파벳과 숫자를 두리번거리다 주차할 당시의 기억을 떠올리려 했으나 생각나지 않았다. 옆에 차가 있었는지 후진을 했는지 시동을 끄고 버튼을 눌러 차 문을 잠갔는지. 혹시 일 층에서 대리주차를 맡겼나. 아닌데. 주차 요원이 비어 있는 주차

구역 방향으로 수신호 했던 모습이 어렴풋이 떠올랐다. 주차장 출입구가 어디에 있나. 당황한 경원이 뒤로 고개를 돌리는데 여태 보이지 않던 자신의 자동차가 보였다. 네모난 구역에 반듯하게 주차되어 있었다. 오래 헤매지 않고 차를 찾았다는 것에 안도하며 차 키를 찾아 손에 쥐고 걸어가는데 또다시 가슴이 아려왔다. 너무 선명한 통증이었다. 그 순간마저도 마음 놓지 말라는 듯, 결과가 어떻게 나올지 모른다는 불안함이 경원을 에워쌌다. 만일 무슨 일이 있으면 재민에게 이야기해야겠지. 아니 절대 하지 않을 거야. 경원은 되도록 상상하지 않으려 했던 말을 반복했다.

현관문 열리는 소리가 들리고 재민이 들어왔다. 서로 아무 말 없이 움직였다. 욕실로 들어가 씻고 옷을 갈아입는 동안 경원은 주방 식탁에 그대로 앉아 있었다. 가슴 통증이 느껴졌으나 내색하지 않았다. 재민이 소파에 털썩 앉더니 한동안 천장에 시선을 두고 있다가 말문을 열었다.

집이 너무 오래돼 낡고 침침해서 달았는데 네 말대로 어울리지 않는 것 같아.

그의 목소리를 오래간만에 듣는 것 같았다. 경원은 샹들리에에 달린 수십 개의 크리스털 전구 하나하나의 빛을 머릿속에서 지우며 그의 말을 들었다.

내가 네게 잘하지 못하는 거, 오해하지 않았으며 좋겠어. 내가 몰라서 그런 거야. 몰라서. 정말 잘하고 싶었는데. 내가 나를 모르겠어.

잠시 정적이 흘렀다.

그런 내가 싫으면…… 하고 싶은 대로 해.

재민의 말에 경원은 아무 대꾸도 하지 못했다. 어울리지도 않는다면서 예쁜 샹들리에를 왜 달았냐고, 자신이 늦게 귀가했을 때 샹들리에에 욕을 써서 붙인 건 어떤 마음이었냐고 물어보고 싶었다. 나를 기다린 거잖아. 기다려도 안 오니까, 목 빠지게 기다려도 오지 않으니까 욕이 나온 거지. 언젠가 나를 안으면 눈물이 날 것 같다고 말했어. 내가 안 해주니까 그런 거야. 나를 원한다고 말했으면 좋았잖아. 경원은 하고 싶은 말과 하고 싶지 않은 말을 생각했다.

경원아.

그가 부르는 소리에 눈물이 차올랐다.

웃는 너의 얼굴이 보고 싶었어. 늘 그랬어. 너와 함께하고 싶어서 오랫동안 노력했어. 근데 내 힘으로 어려울 것 같아. 너에게 보이고 싶지 않은 모습이 참 많았던 것 같아.

경원은 그렇게 말하는 그에게 하고 싶은 말을 하지 못했다. 단지 나보다 그 남자를 더 사랑했냐고 그런 거냐고 묻고 싶었지만, 그 말은 정말 하고 싶지 않은 말이었다.

내가 나갈게.

어제가 까마득하게 여겨지는 날이 이어졌다. 낮잠을 자려고 누웠다가 다음 날 한밤중에 깨어난 것처럼. 자고 일어나도 가슴에 물든 검푸른 멍은 그대로였고 지혈 거즈를 고정하기 위해 붙인 테이프를 뗄 때 상처 입은 유두는 아직도 쓰라렸다. 잦던 통증이 간헐적으로 찾아왔고 경원은 위로하듯 두 손으로 가슴을 감싸 쥐었다.

몸을 추스르고 일어나고 싶었다. 평소대로 요일을 맞추어 재활용하고 마주치는 아파트 주민에게 인사하고 어느 집에서 공사한다며 사인을 받으러 오면 얼마나 시끄러운지를 묻고 순번을 정해 돌아가며 하는 계단 청소 순서를 확인하면서 자질구레한 집안일을 했다. 텔레비전 소리를 귓등으로 듣다가 꽃향기를 맡으며 행복해하는 여자 모델이 나오면 물끄러미 쳐다보았다. 광고만 보고 샀다가 이상한 냄새가 나서 낭패를 보았던 유연제를 지난주에 다 썼다는 사실을 기억하고는 전에 썼던 제품의 브랜드를 메모해두었다. 아파트 관리비를 자동이체로 빠져나가게 했는지 모바일뱅킹으로 냈는지 세탁소에 맡겨놓고 아직 찾지 않은 옷이 있는지, 주문했는데 오지 않은 택배가 있는지도 곰곰이 생각했다. 종종 방에서 나오다 문턱에 발이 걸려 넘어질 뻔했다. 무심코 지나치던 일상이었으나 그럴 때면 문턱을 노려보며 어김없이 종수, 남자를 떠올렸다. 한 번 만나야 할까.

    시간이 쉼 없이 흘러갔다. 경원은 이따금 걸음을 멈추고 누군가 지켜야 하는 선을 넘었다고 단정 짓고는 했다. 어떤 날은 넌 어떡할 거니, 거듭 다그쳤다. 경원은 자신에게 묻고 또 물었다. 되돌리고 싶어도 되돌릴 수 없는 관계에 관해 어떻게 생각하는지는 중요하지 않았다. 그와 함께할 수 있는지 물었다. 그의 코 고는 소리를 듣고 잠꼬대에 잠을 설치고 한밤중 변기에 소변 누는 소리를 잠결에 듣다가 다시 꿈을 꾸는 그런 동거를. 아침에 일어나서 그에게 하는 잔소리. 밤에 화장실 갈 때는 문을 닫으라고, 되도록 자기 전엔 야식을 먹지 말라고. 다시 그럴 수 있을까. 아무 일 없었던 것처럼 그럴 수 있을까. 식탁 위에 그의 수저와 젓가락을 놓고 냉장고에서 꺼낸 찬물로 컵을 채우고 국을 데워 국그릇에 건더기보다 국물을 많이 뜨고 밥그릇에 수수밥이나 율무밥을 담아 함께 하던 식사를. 그런 일상을.

어둑한 날이 멀리서부터 밝아오고 있는 듯했다. 겹을 이룬 산허리 사이로 해가 띠오르고 있다. 경원은 천이 내려다보이는 상가건물 증축공사장 시멘트 담 위에 앉아 있다가 걸음을 옮겼다. 모든 것을 분간할 수 있을 만큼 환해졌을 때 공원 벤치에 한 여자가 누워 있는 모습이 어렴풋이 보였다. 발길을 돌리는 것이 더 이상하게 여겨져 경원은 그냥 가던 길을 걸어갔다. 점점 가까워졌다. 여자는 사람들 시선을 아랑곳하지 않는 듯 무슨 말인가를 중얼거리며 자신의 가슴을 도닥이고 있었다.

괜찮아. 괜찮아.

나지막한 소리가 들렸다. 무슨 일이 있는 거냐고, 정말 괜찮은 거냐고 경원은 물어보고 싶었지만, 걸음을 멈추지 않고 여자를 지나쳤다. 얼마나 걸었을까. 괜찮아? 아니. 괜찮지 않아. 경원이 묻고 대답했다. 난, 안 괜찮아.

종수는 왜 하마일까. 덩치 크고 험상궂은 짐승이 연상되면서도 그 애칭이 어딘지 다정하게 느껴졌다. 하마는 아주 고약한 성질을 가졌지만, 겁대가리도 많대. 하마는 친구가 죽으면 그 곁에서 온종일 지킨다지. 일생 성장을 계속하는 하마 수컷은 대체 얼마나 크는 걸까. 경원은 발걸음을 멈추고 주머니에 있는 휴대폰을 꺼내 들었다. 나 아파. 죽을 것처럼 아파. 오빠 때문이야. 어쩔 거야. 재민에게 물어보고 싶었다. 협박이라도 해서 어떤 대답이라도 듣고 싶었다. 단지 그뿐이었다. 벨이 울리는 동안 나쁜 여자가 되지 말자고, 화내지 말고 질질 눈물 짜지도 말고 차분하게 하고 싶은 말을 전하자고 마음먹었다. 부재중 메시지가 나올 때까지 재민은 받지 않았다. 받지 않으니 하려던 말이 북받쳐 올라와 자제할 수 없었다.

조금 더 걷다가 경원은 입력해놓은 종수의 번호를 찾아 통화버튼을 눌렀다. 몇 번의 신호음이 간 다음 남자의 목소리가 들렸다. 반가운 사람의 전화라도 되는 양 남자는 밝은 목소리로 받았다. 여보세요. 전화기로 시간을 확인하니 새벽 여섯 시가 되어가고 있었다. 재민과 함께 있는 걸까. 새벽 운동이라도 하러 나가는 길이었을까. 생기 있는 종수의 목소리에 얼떨떨해진 경원이 더듬거리며 말했다.

이따 오후에 전화하려고 했는데요. 제가 시간이 지금밖에 안 돼서요.

누구세요?

송경원입니다. 재민 씨 와이프요.

잠시 침묵이 이어졌다. 전화를 끊은 걸까. 경원이 다시 물으려 했는데 종수의 목소리가 들렸다.

아, 네. 무슨 일로.

천천히 대꾸했다. 경원은 머릿속이 하얘졌다. 가슴 초음파 사진에서 본 뿌연 연기가 자욱한 기분이었다.

다음에, 다음에 다시 전화할게요. 그게 좋겠어요.

경원이 서둘러 전화를 끊었다. 남자가 하마라고 생각하자 조금 우습게도 여겨지는 듯했으나 속은 여전히 뉘엿거렸다. 전화하기에 적절한 시간은 아닌 듯했다. 얼빠진 사람처럼 매일 돌아다녀요. 그와 당신이 나눈 문자를 봤어요. 이런 말을 하고 싶은 건 아니었다. 당신, 남의 남편이랑 뭐 하는 거야? 계속 만나면 상간녀로 고소할 거야. 아니 상간남이라고 해야 하나. 이런 말을 늘어놓고 싶지도 않았다. 당장 정리하라고 소리치는 것도 소용없겠지. 당장 정리한다 해도 재민과 자신은 회복할 수 없는 관계가 되었다는 것을 경원은 너무 잘 알았다.

의미심장하게도 가슴에 멍울이 있다네요. 당신이 날 질투해서 저주한 건 아니겠지. 맥락 없는 말들이 쏟아졌다. 몇 날 며칠 같은 옷을 입고 하던 일도 잊어버리고 밥맛도 없고 마음은 늘 평안하지 않아요. 당신의 일상은 아무렇지 않을지 몰라도 나의 일상은 엉망이 되었다고. 그런 말이라도 할걸 그랬나. 후회하며 걸었다.

남자한테 질투를 느끼다니. 별꼴이 다 있다며, 가슴을 두 팔로 끌어안았다. 미친년이 되면 좀 어때. 그럴 만도 하잖아. 하지만 아무런 말도 하지 않은 것은 잘한 거라고 중얼거렸다.

얼마나 걸었는지 정문에서 시작한 길이 후문을 지나 버스로 두 구역 정도 떨어져 있는 지하철역을 지나고 있었다. 등덜미에서 땀이 흘러 겨드랑이에 고이고 가슴골 사이로 흐른 땀에 브래지어가 축축하게 젖었다. 재민은 자고 있었을까. 그러느라 전화도 받지 못한 것일까.

냉정하기가 뱀 같아. 언젠가 경원이 재민에게 한 말이었다. 이제 뱀 같은 인간의 전화는 평생 안 받을 거라고 다짐하다가 가슴의 멍울을 떠올리고는 그에게 다시 연락해야 하는지를 고민했다. 그들의 관계를 축복이라도 해야 하는 건가, 오지랖을 떨면서 욕실에 들어가 축축한 옷을 벗었다. 그와 그의 연인은 서로 벌거벗은 몸을 보기도 할까. 경원은 거울에 비친 자신의 움츠린 몸을 바라보았다. 노란 꽃가루가 가슴에 번져 있는 것처럼 색이 바랜 멍이 넓게 퍼져 있었다.

아침에 일어나 밥그릇에 밥만 가득 떠서 먹었다. 반찬 대신 원망이나 노여워하는 마음을 몸속으로 꾸역꾸역 구겨 넣었다. 재민은 며칠째 집에 들어오지 않았다. 지난주 새벽녘에 그를 기다리며 바라만 보던 소주를 잔에 가득 따르고는 동이 틀 무렵 귀가한 그의 얼굴에 끼얹었다. 나를 오래 기다리게 한 대가야. 중얼거렸다. 그는 속수무책으로 당하고 있지 않았다. 말

한마디 하지 않은 채로 집을 나가 지금껏 들어오지 않았다.

꼬깃꼬깃 구겨진 깃들이 형체를 키우며 닐을 세운 탓인지 시선을 옮길 적마다 무서운 형상이 보이는 것 같았다. 경원은 속이 자주 쓰라렸고 먹은 것들이 울컥 목구멍으로 올라오기도 했다. 이해할 수 없고 용서할 수 없다는 마음을 먹다가, 불편해서 죽을 것 같아 혐오하자는 마음을 먹다가도 남편과 헤어지기 싫다는 한 조각 마음을 먹었다. 먹고 싶어서 기어코 먹다가 마침내는 비참하다는 생각까지 꼭꼭 씹어 먹었는데 너무 배가 부른 어떤 날은 재민에게 욕을 했다. 경원이 외박한 날, 그가 포스트잇에 써놓았던 욕을 내뱉었다. 그가 썼던 욕이니까 그도 알아들을 수 있으리라 생각했다. 현관에 들어서는 그를 바라보며 욕했고 식탁에 앉아 휴대폰을 보거나 방으로 들어가 문을 닫는 그를 향해서도 그랬다. 재민은 들은 내색하지 않고 욕을 섞어 소리치는 경원을 모르는 척했다.

경원은 사람을 불러 천장에 걸린 샹들리에를 떼어내서 그가 들어와 발견할 수 있도록 현관 바닥에 아무렇게나 두었다. 경원은 재민 앞에서 머리끄덩이 잡고 길바닥에 부끄럼 없이 누워 싸울 수 있는 여자가 되었고 한때 면도칼을 씹다 뱉을 줄 아는 언니들과 놀던 사람이 되었다. 그의 냉담함이 지긋지긋해서 차가운 시선이 느껴질 때마다 그 외로움을 또 그렇게 욕으로 표현했다. 그룹섹스라도 해봤던 사람처럼 외설적인 이야기를 떠벌리면서 세상에 일어나는, 대다수 사람이 믿을 것 같지 않은 일들을 자신은 이해할 수 있다는 식으로 오기를 부리기도 했다.

그를 마중 나가던 길을 지나치고 그와 함께 먹을 음식 재료를 사던 마트를 지나고 전세 계약을 하기 위해 드나들던 부동산을 지나 작년 생일 꽃다발을 사려고 들렀던 화원을 지나 역 근처 포장마차에 앉아 넘어가지 않는 술을 앞에 놓고 경원은 재민을 기다렸다. 무료해질 즈음 안주를 검색했다.

내일 안주는 생각했어?
넌 생각 안 했어?
뭐든 좋아서.
재민이 대꾸했다.
뭐가 그래? 소신껏 말해봐.
종수가 재민에게 다시 물었다.
먹고 싶은 게 별로 없는데.
그럼 객관식으로. 게으른 사람들이 객관식을 좋아하지. 순서는 선호도와 상관없음을 미리 밝힌다.
이어지는 종수의 말풍선이 커다랬다.

1. 마늘 보쌈 2. 닭 한 마리 3. 참치 4. 곱창구이. 다 사연이 있어. 1번은 막 생겨나는 쁘랜자이즈인데 평이 좋더라고. 2번은 내가 제일 처음 먹어본 닭 한 마리 집이 교대역 앞인데 참 맛있게 먹었었어. 3번은 내가 참치 원래 좋아하니까 급 땡겼다. 식당도 가깝고. 4번은 그곳의 가장 유명한 메뉴잖아. 곱창 골목도 있으니까. 뭐가 좋아? 난 다 마음에 드는 거 얘기한 거니까. 네가 골라.

하마야. 내일 만나 의논해보자. 진지하게.

재민이 답했다. 종수는 재민이 어디서 보자고 하면 근방의 식당을 검색하고 그가 뭘 먹고 싶은지를 물었다. 때로는 각자가 알아본 식당 메뉴를 자랑스럽게 발표했고 그러다 겹치는 곳이 있으면 종수는 그 텔레파시에 놀라며 말끝에 느낌표를 몇 개씩 세웠다.

그와 그의 연인이 주고받은 문자가 다른 누군가의 대화였다면 경원은 아마도 그들과 친하게 지내고 싶다고 생각했을 것이다. 둘이 결혼한다면 그마저 축하했을지도. 하지만 경원은 그럴 수가 없었다. 차가운 술이 더 차갑게 식는 추운 계절이 시작되고 있었다. 사람들 앞에 놓인 술마다 안주로 시킨 잔치국수나 오뎅 국물의 연기로 얼룩져 있는 듯했다.

만난 지 두 달쯤 되었을 때 재민과 처음 술을 마셨다. 대화 중 그는 경원의 매력 없는 부분을, 이를테면 교정기를 낀 치아와 큰 손과 발, 센스없는 패션 감각 등을 스스럼없이 말했고 경원은 그제야 둘만의 이야기를 하고 있다는 생각에 기분이 나쁘기보다 오히려 좋은 마음이었다. 한편으로는 미안했다. 훤칠한 키에 목덜미까지 내려온 머리가 멋있어서 재민을 바라보며 그가 또 무슨 이야기를 할지 귀 기울이다가 자기 손을 그의 손 앞에서 활짝 펴보았다. 얼마나 큰지 비교해보자는 조금은 장난스러운 행동이었는데 그는 아무 말 없이 경원의 손을, 마치 앙증맞은 아이의 손을 잡듯이 감싸 잡았다. 밖으로 나와서도 손을 놓지 않고 걸으며 같은 골목을 몇 바퀴 돌았다. 더는 손을 잡고 있기 어려워 잠시 서로의 손을 놓고 옷에 손바닥의 땀을 문질러 닦고 다시 손을 맞잡고는 아까부터 보이는 모텔에 들어갔다.

이렇게 해도 괜찮아? 그가 경원의 등 뒤에서 물었다. 대답하지 못하는 경원을 그는 가만히 안고 있었다. 경원은 그를 향해 몸을 돌리고는 마주 보며 그의 손목을 잡았다. 그대로 다리를 굽히고 앉았다. 그가 두 손으로 경원의 머리를 감싸고 있었고 경원은 술 때문인지 뛰는 가슴을 감당하며 그를 안았다. 방안이 갑자기 조용하다고 느껴질 무렵 그는 비스듬한 자세로 누워 텔레비전 리모컨을 잡았다. 모니터에 눈길을 둔 채로 그는 경원에게 어디서 배웠냐고 물었는데 그의 얼굴은 농담하는 사람의 표정이 아니었다.

이불 속의 온기가 채 가시기도 전에 경원은 일어나 욕실에 들어가 씻었다. 등에 남은 물기를 닦다가 밖으로 나와 채널을 돌려가며 텔레비전을 보는 그에게 말했다. 뭘 배웠냐고 묻는지 모르겠으니 다시 얘기해줄 수 있냐고. 아니야. 아무 말도 아니야. 대꾸하는 그를 물끄러미 바라보다가 경원이 말했다. 행복하게 해주고 싶었다고. 잠시 멈칫하던 그가 경원을 바라보며 무방비로 웃고 있었고 그렇게 웃는 모습은 처음이어서 경원은 그 순간 그가 결혼을 결심한 걸 알았다. 홀로 사는 아버지에게 평범한 여느 아들처럼 며느리를 만들어주고 싶었던 걸까. 예쁜 얼굴에 짧은 머리가 잘 어울릴 것 같아. 그가 말했고 경원은 다시 욕실로 들어가 거울을 보며 긴 머리를 틀어 올리고는 짧은 머리를 상상했다.

이따금 그 거울 속에 있던 자신을 돌이켜보았다. 이해할 수 없는 시간이 흘렀다. 잠시 무릎이 꺾였다. 걷다가도 몇 번씩 발을 헛디뎠다. 경원은 그동안 무수한 이별을 보고 들었다. 자신에게 일어난 일처럼 아파했던 적도 있다. 그러나 이런 이별은 단 한 번도 생각하지 않았다. 왜. 왜. 의문이 들 때마다 연애 시절 그가 무심코 던진 질문들을 기억했다.

그런 문제가 아니면, 대체 어떤 문제인데. 대답하지 않았으나 그의 표정으로 알 수 있었다. 사랑 문제. 흔하지 않은 사랑, 원한다고 쉽게 주어지지 않는 각별한 사랑 문제. 둘이 헤어지면 언제 그런 존재를 다시 만나게 될지 모를 애틋한 관계. 그러니 어떻게 생각하면 사랑 이전에 사람 문제.

오피스텔을 구해 집을 나왔다. 결혼생활 4년 만이었다. 패딩을 입어도 속옷을 껴입지 않으면 추운 계절이었다. 며칠 동안 잠만 자다가 집 안을 정리하면서 몸을 움직여볼 요량이었다. 아직도 풀지 않은 짐이 있었다. 물건들을 구분할 겨를이 없었다. 결혼식 앨범과 명절에 손님을 맞는 상차림에서 입던 한복까지 짐 속에 있었다. 소형 액자와 보험증권 계약서. 뒤죽박죽 영수증들. 여러 장의 그림들. 어쩌자고 이 모든 것을 가지고 나왔을까. 확인도 하지 않고 삼단 서랍을 뒤집어 그 내용물을 넣은 상자들도 보였다. 뚜껑을 열어보니 쓰던 휴대폰이 여러 개 있었다. 잭의 모양이 다른 충전기도 몇 개 보였다. 전화기는 대체로 흔한 모델이었다. 은색의 구형 폴더폰과 주먹보다도 작은 흰색 슬라이드폰도 있었다. 기억이 가물가물했다. 새로 산 휴대 전화에 주소록을 옮기면서도 경원은 쓰던 폰에 저장된 것들을 지우지 않고 보관했다. 옛날 사진이 온전히 있을까. 문자가 남아 있을지. 맞는 잭을 일부러 찾아 전화기 하나를 충전해서 손에 잡히는 어색함을 뒤로하고 문자 버튼을 눌렀다. 작은 액정 위에 삭제하지 않고 남아 있는 문자들이 있었다.

너를 사랑하는 것만큼 내가 너에게 잘해주지 못하는 것 같아.

언젠가 경원이 받은 문자였다. 재민이 쓰던 전화기였는지도 경원은 기억나지 않았다. 앨범을 펼쳐보았다. 다시는 안 볼 것처럼 서랍 깊숙한 곳에 넣어두었다. 사진을 덮고 있는 투명 비닐이 유리 조각처럼 자잘하게 조각나 있었다. 앨범 첫 장에는 그와 머리를 맞댄 자신의 사진이 있었다. 가만히 바라보았다. 재민 곁에서 이렇게 해맑게 웃고 있는 자신이 참 행복해 보였다. 양재천을 배경으로 재민과 함께 브이를 그리며 찍은 사진도 보였다. 이렇게 큰 왕벚나무가 있었지. 어디쯤이었나. 경원이 머릿속으로 길을 따라갔다. 말하지 말걸, 종수라는 사람 아는 척하지 말걸 그랬다고 후회하며 그 시간을 되짚어보고는 했다. 그러다 언제라도 터져 나올 말이었으니 후회는 하지 말자고, 이제 무엇을 해야 할지만 고민하자고 자신을 두둔했다.

양재천을 따라 달리면 그와 함께 살던 신혼집이 나왔다.

오밀조밀한 상가를 중심으로 엘리베이터가 없는 저층 아파트가 일렬로 서 있던 동네였다. 경원은 그가 돌아올 시간에 맞춰 아파트 단지를 감싸듯이 한 바퀴 돌다 그의 자동차가 보이면 운전석에 앉은 재민이 자신을 금방 찾을 수 있도록 두 팔을 높이 들고 손을 흔들었다. 아무리 먼 거리여도 그가 답하며 흔드는 손과 활짝 웃는 얼굴이 보이는 듯했다. 반나절을 보지 못했어도 오래간만인 듯 반가운 마음에 들뜨곤 하던 시간이었다.

우리 다음엔 장 하나를 떨어뜨리지 않는 곳으로 이사 가자. 넓은 방으로. 열 자 장 죽 붙여서 세워놓자.

재민이 이런 말을 했었다. 둘은 네모난 방 한 귀퉁이에 홀로 놓인 장을 바라보고 있었다. 경원은 말이 없던 그에게 사랑한다는 말을 들은 것처럼 모자람 없이 충분했다. 홀로 떨어져 있는 장 하나를 언제까지고 다른 장들과 나란히 붙여서 세우지 않아도 괜찮을 것 같았다. 경원은 그 전날 친구가 집을 보러 가는 데 함께 가지 않겠느냐고 해서 신축 아파트를 보러 갔었다. 삼십 층 높이의 아파트를 입구에서 올려다보려니 허리가 뒤로 젖혀졌다. 좋아 보이기보다는 공장 같다고 생각했는데 실내는 세련되고 깔끔했다. 무엇보다 주방의 벽과 바닥 그리고 아일랜드 식탁이 대리석으로 이루어져 고급스러워 보였다.

호텔에서 거행하는 누군가의 결혼식에 갔다가 으리으리한

화장실에서 그만 주눅이 들었을 때처럼, 대리석 세면대와 크리스털 장신구가 달린 수월에 튄 물을 직접 닦고 나올 만큼 조심스러웠던 그때처럼 경원은 발뒤꿈치를 들고 친구 뒤를 쫓아다니며 집을 둘러보았다.

새로 지은 아파트는 대부분 붙박이장이 있더라. 요즘은 방마다 에어컨도 달렸어. 다 옵션이야. 세탁기 건조기 식기세척기도 다.

그렇담 방 많은 구식 아파트에 가서 장이 들어갈 수 있는 방을 고르는 거야. 열 자 장을 죽 놓자. 붙여서.

재민의 말에 경원은 마음이 즐거웠다. 거실에 서면 작은 방과 주방 그리고 현관까지 훤히 다 보이던 그 집. 그와 함께 시작한 집에서 오래오래 살고 싶었지만, 계약 만기를 채우지 못하고 이사를 했다. 그곳에서 그가 처음 차려준 아침상의 기억도 있다. 냉이가 나오는 철이었으니 초봄이었을까. 냉이에 콩가루를 입혀 두부와 함께 넣고 된장국을 끓였다. 냉이의 향이 두부의 고소함에 녹아들어 있었다. 그리고 말랑하고 부드럽던 계란말이. 어슷하게 썰어 겹을 이룬 노란 달걀 사이사이 초록색의 파가 보였다. 노란색 겹겹이 박힌 초록색이 이뻐서 조금씩 아껴 먹었다. 밥을 차리는 동안에도 잠이 깨지 않은 모양인지 아직 졸음이 묻은 얼굴로 그가 식탁에 앉아 경원이 밥 먹는 모습을 흐뭇하게 지켜보았다. 언젠가 출근하는 아내에게 아침밥을 차려주고 싶어 마음 쓰던 남자였다.

국은 뭐가 좋을까.

북엇국도 좋고 된장국도 좋아. 내일 아침은 내가 샐러드 해줄게. 토마토에 모차렐라 얹고 바질 페스토 올려 카프레제 어때?

말은 경원이 훨씬 많이 했다. 그런 대화를 나누며 나란히 누워 있는 날엔 또 그렇게 그의 손을 잡고 닭똥 냄새가 날 때까지 비볐다. 그런 시절이 있었다. 그러나 경원은 그에 관해 안다고 말할 수 없었다. 되돌아보면 자신을 내보이는 대화를 하지 않았고 연애 기간조차 서로 헤어지기 싫어 오래도록 미적거린 일도 없다. 어린 시절 받은 상처나 트라우마에 관해 들은 적이 없고 누군가에게 쌓인 억하심정이랄지 유치한 복수 따위 그는 입에 올리지 않았다.

맛집이나 요즘 핫한 유튜버들의 웃음 코드나 어떤 거리에서 듣던 재즈곡 이야기를 했고 오디오의 성능 비교를 하다가 어느 날은 자신이 유독 소리에 예민하다는 말을 그가 조심스럽게 꺼냈다. 에두른 건 아니었고 비위 약한 체질 문제처럼 말했으므로 경원은 그의 말을 금방 알아들을 수 없었다. 어쩌면 소리에 둔한 여자만큼은 견디기 힘든 영역이라 그가 처음으로 자신을 내보인 사건이었을지도 몰랐다. 재생 버튼에 손자국 하나 없는, 혼수로 장만한 오디오를 물끄러미 바라보다 경원은 그제야 알았다. 그가 집에서 음악을 재생하는 일이 드물었다는 것을.

더위는 이제 고비를 넘겼나 봐. 아침 바람이 제법 시원하네. 재수할 때 아침 일찍 학원에 가려고 버스를 탔는데 가기 싫은 거야. 그래서 그 버스를 타고 종점까지 갔더니 수색이라는 곳이었어. 종점 부근에 영화 두 편을 보여주는 극장이 있어서 종일 영화를 보고 집에 왔던 적이 있어. 지금도 그러고 싶은 마음이 문득 들어서.

나도 가끔 기분 안 좋을 때면 그랬던 것 같아. 대단한 일탈은 아니었어도 기분이 좀 나아졌어. 넌 영화도 봤구나. 나보다 대범한 구석이 있어.

엄지를 척 올리는 이모티콘이 붙어 있었다.

대범은 개뿔. 나 요즘 재미없어. 치과 치료 끝나고 불편함이 없어지니 잘 때까지 먹어. 먹는 게 낙일 만큼 사는 게 재미없네. 운동도 안 하고 먹으니까 살만 쪘다.

퇴근길에 만나 같이 운동할까? 회사 앞에 피트니스 센터가 새로 생겼더라.

그가 종수에게 보냈다.

좋아. 그러자.

종수는 오케이 팻말을 든 이모티콘을 함께 보냈다.

더위는 이제 완전히 물러난 듯해. 별일 없이 하루 보냈으면 좋겠다. 하마야. 편안한 하루 되셔.

재민이는 학생 시절 기분이 좋지 않을 땐 버스를 타고 종점까지 갔었다. 그러고 나면 기분이 좀 나아지더라는 말을 경원은 들어본 적이 없다. 운동 안 하고 살만 찌는 연인에게 함께 운동하자는 말을 건넬 수 있는 사람이었다는 사실도 미처 알지 못했다.

경원은 결혼 전에 종수의 전화를 받았다. 언제 기억해냈는지는 잘 모르겠으나 남자의 목소리가 분명했다. 머리와 가슴을 넘나드는 삶. 이제는 가슴으로 살고 싶다던 남자였고 이 사람 참 좋다, 라고 그가 친절하게 댓글을 달아놓은 페이스북 사진의 주인공이었다. 뒷모습이었던 것으로 기억한다. 남자는 경원에게 그가 만나는 사람이 있다며 조심스럽게 말문을 열었다. 말을 해야 할지 말아야 할지 고민했다는 말도 덧붙였다. 경원은 어디서 무슨 말을 들었는지 모르겠지만, 자신은 그와 결혼할 사이라고 말했다. 우습게도 미지의 여자보다 자신이 더 우위에 있다는 자신감마저 느꼈다. 경원은 결혼 전의 일일 뿐이라고 여겼고 그 남자를 잊었다.

오피스텔에서 차로 십오 분 거리에 있는 마트에 다녀오는 길에 자동차의 사이드미러를 박살 냈다. 경원이 후진으로 주차하다 옆에 있는 기둥에 사이드미러가 부딪힌 거였다. 그것도 운전석 쪽이어서 거울이 깨지고 커버 부서지는 소리가 요란했다. 이런 실수는 처음 있는 일이고 너무 가까이서 벌어진 일이라 경원은 당황했다. 버튼만 누르면 될 일이었는데. 접은 상태로 주차할걸. 전에 타던 차처럼 뒤로 젖혀지는 사이드미러였다면 기둥에 긁힌 흔적만 남았을 터였다. 그대로 노출된 전선에 매달린 채 바닥을 향해 덜렁거리는 사이드미러를 들었다가 살며시 내려놓았다.

집에 올라가 테이프를 챙기고는 문득 떠오른 자동차 검사 안내서를 찾았다. 각종 고지서와 영수증 모아놓는 곳을 뒤졌다. 예전에 살던 아파트 관리비 내역서가 꼬깃꼬깃하게 구겨진 채 들어 있었다. 건강보험료와 가스 고지서가 뒤섞여 있었다. 자동이체를 해놓지 않아 은행 계좌로 직접 이체해야 했으므로 고지서들을 모아서 보이는 곳에 올려놓고 검사안내서를 다시 찾기 시작했다. 자동차 검사 기한이 얼마 남지 않았는데 작년 검사 때 브레이크 라이닝을 교체해야 한다고 했던 말이 떠올라서 무엇을 먼저 해야 하는지 잠시 고민했다. 리콜 통지서도 날아온 것 같은데. 핸들에 장착된 에어백에 문제가 있다고 했던가. 운전석 창문에 문제가 있다고 했나. 그동안에도 몇 번의 리콜이 있었지만 그게 언제였는지 기억나지 않았다. 오일은 언제 갈았는지. 워셔액도 보충할 때가 되었을 텐데. 경원은 갑자기 할 일이 너무 많아서 눈물이 날 것 같았다. 라이닝을 교체하고 검사를 받아야 하는 건지. 검사 먼저 받고 교체하라고 하면 그때 해도 되는 건지. 누구에게 물어봐야 할까.

재민과 그의 연인은 서로 물어보고 의논하고 좋은 정보는 서로 알려주고 그랬을까. 그들은 서로 밥을 어떻게 먹었는지 뭘 해서 먹었는지 물었고 든든히 먹었는지 대충 먹었는지 궁금해했으며 잠은 잘 잤는지 설치진 않았는지 간밤 꿈에 자신이 나왔는지를 물어보는 사이였으니까.

주차장으로 내려가 군데군데 떨어져 나간 거울 조각을 스카치테이프로 짧게 끊어 붙인 후에 박스 테이프로 칭칭 감았다. 차체에 겨우 고정하고 보니 사이드미러에는 왼쪽 땅바닥만 보였다. 다음에 갈까. 잠시 차 안에 우두커니 앉아 있었다. 지금 당장 갈 필요는 없었으나 천천히 운전해서 정비소로 향했다. 시속 30킬로로 거의 기어가면서도 왼쪽으로 차선을 바꾸지 않기 위해 길을 헤아려 일 차선으로만 달렸다.

정비소 직원이 살펴본 뒤 부품이 없다는 이유로 당일 수리는 어렵고 이틀 정도 시간이 걸린다고 설명했다. 경원은 직원이 부품을 주문하는 통화를 들으며 수리비 일부를 카드로 결제했다. 왼쪽 사이드미러 하나 고장 났을 뿐인데 차는 거의 폐차 처분을 기다리는 것처럼 보였다. 차를 정비소에 맡기고 지하철을 두 번 갈아타고 집에 왔다. 자동차 검사안내서와 리콜 통지서를 다시 찾다가 거실에 멍하니 앉아 있을 때 전화가 왔다.

언니, 왜 이렇게 전화 연결이 어려워요? 무슨 일 있어요?

은정이었다.

오빠와 싸웠어요?

무슨 얘기를 어떻게 해야 할지 모르겠어요. 미안해요.

언니, 아버지가 입원했어요. 오빠가 언니한테 말하지 말라고 했는데 그래도 그건 아닌 것 같아서 연락했어요.

요양병원에 들어가시기 전까지 은정과 번갈아 어른의 식사를 챙겼다. 혈관질환으로 거동이 불편하고 당뇨로 여러 합병증이 있었지만, 식사는 늘 맛있게 하셨던 것 같다. 이따금 요양병원에서 필요한 진료에 관해 전화를 걸어 설명하기도 했으므로 크게 걱정되지는 않았다.

어디 편찮으세요?

중환자실에서 어제 일반 병실로 왔어요.

은정이 담담하게 말하고는 작게 한숨 소리를 내었다. 통화를 끝낸 휴대폰을 내려놓고 우두커니 앉아 있는데 잠시 잊고 있던 통증이 찾아왔다. 차를 맡겼으니 언제 가야 할까. 내일 수리가 끝난다고 했는데 찾자마자 출발해도 되려나. 아니, 가지 말아야 할까. 경원은 아무것도 손에 잡히지 않아 그대로 손을 놓고 먼 곳을 바라보았다.

식빵 구워 먹자. 거동이 불편해진 대신 웃는 일은 자유로워진 듯 어른은 때때로 웃으며 경원에게 말하곤 했다. 성대가 쉰 목소리로. 어른은 마음대로 움직일 수 없는 몸을 벽에 기댄 채로 느리게 일으켜 세우고 천천히 벽을 짚어가며 움직였다. 기운을 낸 만큼 헐겁게 좌우로 돌아가는 고개를 견디며 한 걸음씩 옮겨 오븐에 식빵이 구워지는 동안 식탁으로 다가왔다. 어른이 가장 좋아하는 구운 식빵에 버터를 바르고 사과잼을 발라 건네면서 경원은 자신이 어떤 표정이었을지 알 수 없었다. 돌아가신 할머니의 마지막 모습을, 화상 입은 얼굴에 감은 붕대 사이로 보이던 작은 눈매를 묘사하며 웃는 어른을 경원은 곁눈으로 쳐다보았다. 담배를 피우던 할머니가 떨어진 담뱃재로 할아버지 묘지 주변에 불이 붙자 온몸을 뒹굴며 불을 끄려고 한 이야기를 하며 또 그렇게 웃었다. 숨을 고르던 웃음 뒤에 이어질 말이 있을 터인데 경원은 식탁에서 일어나 설거지를 했다. 어른의 말을 더는 듣고 싶지 않았다. 그 후 무슨 말이 남았던 걸까. 종일 한마디도 말을 나누지 못한 어른은 누군가와 대화하고 싶었는지 모른다. 말의 내용보다 시작이 중요했을 것이다. 어른에게도 부모의 사고는 잊기 어려운 기억이었을 텐데.

어른과 함께하던 식탁 자리에 앉아 할머니 얘기를 마저 다 듣고 먼저 보낸 아내에게 미안했던 일이나 후회하는 마음도 듣고 재민의 어린 시절 이야기도 듣고 그러다 어른이 어렵사리 간식거리를 부탁하기 전에 식빵을 구워 접시에 올리고 과일도 깎아 담았다. 그의 연인에 관한 이야기는 하지 않았다. 어른에게 할 수 없는 말이었을까. 며느리야, 재밌게 잘 살아야지. 건강하게 잘 지내야지. 건강이 최고야. 내가 아파보니 알겠다. 어른이 쉴 새 없이 고개를 흔들며 말했다. 경원은 그곳에서 가만히 듣고만 있는 자신을 물끄러미 바라보았다. 무슨 말이라도 할걸. 슈퍼 갔다가 고기 할인하는 코너에 가서 붐비는 사람들을 뚫고 아버님 좋아하는 등심을 두 팩이나 챙겨왔다고. 세탁소에 아버님 옷을 맡기려고 주머니를 확인했는데 오천 원이 나왔다며 그걸로 고급 원두커피 한잔 마셨다고 이야기할걸. 운전하고 오는데 재건축한 아파트가 글쎄 다 지어졌어요. 엄청 높은 고층 아파트가 이 동네 랜드마크가 될 것 같아요. 이런 말도. 여섯 시가 넘어가고 있었다. 곧 저녁이네. 경원은 불현듯 누군가의 목소리가 듣고 싶어 소연에게 전화를 걸었다. 친구의 목소리가 들리자마자 요즘 어떻게 지내냐고 물었다.

나야 잘 지내지. 너는, 넌 어떻게 지냈어?

친구는 오히려 경원의 안부가 궁금했는지 걱정하는 투로 물었다.

나도 잘 지냈어. 치료는 끝나가?

이제 항암 두 번 남았어.

고생 많았다.

얼마 전 멍울이 보여서 조직검사를 받고 왔어. 너무 아프더라. 결과는 일주일 후야. 나도 너처럼 치료가 필요하면 우리 손 붙잡고 같이 항암 하러 다니자. 빨리 낫자. 그러려면 힘을 내야겠지. 서로 힘이 되어주는 거야. 경원은 또 그렇게 들리지 않는 속말을 했다. 텔레비전에서 재테크에 관한 뉴스를 시작으로 갑자기 오른 집값과 그에 따르는 세금 이야기가 나오고 있었다.

너는 주식이나 가상화폐 안 하지? 하던 친구들 요즘 난리야.

그런 거 안 해. 예전에 주식은 좀 했었는데 온종일 모니터만 보고 있게 되더리. 더 중요한 시. 수익을 낸 적이 없어.

친구는 말끝에 맞아맞아, 하며 웃다가 생각난 듯 말을 이었다.

나 이사해. 세입자 나가면 파주에 있는 아파트로 들어갈 생각이야. 그때 잘 사둔 거 같아. 힘들어서 이제 이사하기 싫어. 편하게 내 집에서 살아야지.

이사하는 일 보통 일이 아니지. 난 글쎄 일 년이 넘도록 풀지 않은 짐이 있었다니까.

경원도 계속 말을 이었다. 언제 끊어야 할지, 그 전에 조직검사를 받고 온 자신의 얘기를 해도 괜찮을지 계속 망설였다. 아직도 멍이 든 가슴이 아픈데 혹시 이상이 있는 걸까. 힘든 과정을 버텨내고 있는 친구에게 염려하는 모습이나 걱정스러운 말을 꺼내는 게 경원은 어렵기만 했다. 좀 전에 전화가 왔는데 시아버지가 병원에 입원하셨대. 원래 지병도 있고 연세가 있으니 병원에서 마음 준비하라고 했나 봐. 잘해드리지도 못했는데 어쩌지. 몹시 후회될 것 같아. 나, 슬프다. 남편과 이혼할 건데, 그래도 가봐야겠지. 가봐야지. 입에 올리려 하다가 넌 아픈 데 없지? 친구가 묻는 바람에 그만두었다. 아프면 고생이야. 항암치료 후 나타나는 증상에 관한 설명을 남 얘기하듯 말하는 소연에게 괜찮냐고, 지금은 어떠냐고 물었다.

뭐든 잘 먹고 싶은데 맛이 없어.

너무 힘들 것 같아.

하지 않으려던 말이 자신도 모르게 끝내 입 밖으로 나왔다. 소연은 아무 말이 없었다. 운동은 하고 있냐고 물었고 친구는 운동이라고 할 수 없지만 걷기를 꾸준히 하고 있다고 했다. 현관 벨 소리가 요란하게 울리자 전화기 너머로 들은 모양인지 소연이 말을 서둘렀다. 늦게 도착한다고 문자로 알려온 택배인 듯했다. 지지난 주에 주문한 차렵이불이었다.

어디 아프면 참지 말고 병원 꼭 가봐, 알았지?

소연의 말에 그래, 대꾸하고는 담에 또 하겠다고 건강 관리 잘하고 있으라는 인사를 하고 전화를 끊었다. 다음에 친구 만날 때 예쁜 모자를 하나 사서 선물해야겠다고 생각하는데 경원은 괜히 슬퍼졌다. 염려나 걱정이 아닌, 친구에게 그저 살가운 안부 인사를 하고 싶었는데 바람과는 다르게 자꾸만 마음이 바닥으로 가라앉는 것 같았다. 주방 식탁에 멍하니 앉아 있다가 택배가 왔다는 사실을 기억하고는 몸을 일으켰다. 현관 밖으로 발을 내딛다가 휴대폰이 울리는 바람에 다시 실내로 들어갔다.

송경원 씨. 병원이에요. 결과가 나왔는데요. 원장님이 예약

일 전에 오서서 듣는 게 좋겠다고 하세요. 되도록 빨리요. 검진일 언제 잡아드릴까요?

사투리 섞인 말투가 병실에서 가슴에 지혈 거즈를 붙여주던 간호사의 목소리였다.

아, 네. 시간 확인하고 전화할게요.

치료나 수술이 필요하면 빨리 예약해야 하니까 확인하고 바로 전화 주세요.

휴대폰을 들고 있던 팔이 아래로 떨어졌다. 어떤 결과가 나왔는데 전화까지 한 거냐고 경원은 물어보지 못했다. 예약일 전에 굳이 전화해서 서둘러 결과를 들어야 한다는 건 좋은 징조는 아닐 터였다. 가슴의 한기가 온몸으로 퍼졌다. 현관 앞에 한동안 서 있다가 문을 열었다. 꽤 큰 이불 상자를 들여놓으며 자신도 모르게 끙, 앓는 소리를 냈다. 얼마 전 텔레비전 채널을 돌리다 홈쇼핑에서 이불 판매하는 것을 보았다. 전에 깔아놓은 앱을 열어 망설임 없이 주문했는데 필요해서 산 것이 아니라 이불 위에 놓인 자수가 예뻐 보여서 산 거였다.

경원은 한가롭게 뭔가를 사들이고 받고 풀고 들여다보고 반품을 고민하거나 자신의 선택에 흡족해하는 일련의 행동들이 무슨 소용인가 싶었다. 지금, 이 상황에 뭐 하는 거야. 중얼거렸다. 지금이 어때서. 혼자서 자도 예쁜 이불을 덮고 자면 좋잖아. 너도밤나무를 원료로 만든 모달 이불이 얼마나 부드러운지 느껴보는 거야. 그런 생각을 하자 기분이 조금 나아지는 듯했다. 커터 칼로 조심스럽게 상자를 열어 이불을 꺼냈다. 비닐 덮개를 벗겨서 보니 이불 위에 성기게 놓인 자수며 이불 색상이 텔레비전 화면과는 확연하게 달랐다.

내일은 아버님 입원한 병원에 가봐야지. 얼마나 편찮으신 걸까. 인사드릴 엄두가 나지 않았으나 얼굴 뵙고 싶은 마음이 컸다. 경원은 잠을 청하며 또다시 양 백 마리를 세었다. 누군가의 손에 붙들려 털이 깎인 양들이 우르르 돌아왔다. 가슴이 시려와 이불을 뒤집어쓰고는 눈을 감았다. 검사 결과를 들으러 가야 하는데. 가지 말까. 가슴은 차가운데 열감이 느껴졌다. 손으로 만져지는 멍울은 그대로였다. 잠깐 잠이 들었던 것도 같고 자지 않고 계속 깨어 있던 것도 같았다. 머리가 무거워져 자리에서 일어나 밖으로 나가 이불 상자와 플라스틱 등 재활용을 분리하여 버리고 아파트 뒤편 초등학교 쪽으로 걸음을 옮겼다.

학교를 지나 걷다가 얼마 전 조성한 공원으로 눈길을 두는데 잔디 한구석에 이랑이 만들어져 있었다. 누군가 무언가를 심기 위해 흙을 뒤집어놓기라도 한 것일까. 그곳에서 천천히 일어서는 노쇠한 할머니가 보였다. 허리가 굽은 채 이쪽으로 걸어오는 할미니에게서 눈길을 돌리고 자신의 발밑을 물끄러미 보았다. 여윈 어른의 모습을 애써 생각하지 않으려고 했는데 뜻대로 되지 않았다. 수척해진 아버님의 표정이 자신을 향해 웃고 있는 듯 보였다. 가봐야지.

 흰 운동화와 검은 바지, 검은 패딩. 경원은 자신의 옷차림이 일주일 내내 똑같다는 것을 깨달았다. 같은 옷과 신발을 신고 재활용을 하고 마트를 다니고 카페에 가서 커피를 테이크아웃했다. 세탁도 하지 않고 의자에 걸쳐놓았다가 입고, 납작하게 눌려 구김이 생긴 옷을 다음 날 다시 입었다. 대체 시간이 얼마나 필요한 거야. 정신 차려야지. 경원은 협탁 위 탁상시계를 똑바로 돌려놓으며 자리에서 일어나 땀에 꿉꿉해진 베갯잇과 침대보를 갈았다. 이불패드를 바꾸고 벗겨낸 베갯잇을 안은 채 방 안에 뒹굴고 있는 먼지를 주웠다. 은정에게 오빠와 헤어진다는 말을 해야 할까. 어쩔 수 없는 일로 그렇게 되었다고. 내용은 몰라도 남이 될 거라는 건 이미 알고 있을지도 모른다.

 무슨 옷을 입어야 할까. 옷을 벗고 검푸른 멍이 누런빛으로 남아 가슴 전체에 퍼져 있는 것을 보지 않으려 얼른 브래지어를 채웠다. 병원에 갈 준비를 했다. 검은색의 어두운 옷은 오히려 예의가 아닌 듯하고 밝은색은 왠지 장소에 어울리지 않은 듯했다. 고민하다 상아색의 상의에 검은 바지를 입고 베이지색 반코트를 입었다. 화장도 거의 하지 않고 하고 있던 액세서리도 뺐다. 그는 병원에 있을까. 그의 얼굴을 마주 바라볼 수 있을지 걱정이 되었다. 단화를 찾아 신고는 신발장 안쪽의 거울에 자신을 비춰보았다. 가슴이 두근거렸다. 어른의 병세가 어떨지 의식이 있는 상태인지 경원은 이런저런 생각에 나서기도 전에 발걸음이 무거워졌다.

엘리베이터에 이삿날 보았던 여자가 타고 있었다. 이런 기분으로 누군가와 알은체하기 싫은 탓에 모르는 척 고개를 숙이고 가방을 열어 휴대폰을 찾고 있는데 여자가 자신을 빤히 바라보는 게 느껴졌다.

안녕하세요. 이사 오셨어요?

경원에게 여자가 인사를 건넸다.

아, 네. 안녕하세요.

오피스텔 내 독서실이나 헬스장 등 주민들의 편의시설에 한 번도 참석하지는 않았으나 기억 속의 여자는 말이 많고 사람들이 관심 가질 만한 흥미로운 이야기들로 좌중을 조용하게 만드는 재주가 있는 여자였다. 경원은 마지못해 웃었지만, 여간 불편한 게 아니었다. 고개를 돌리고 주차장 지하 일 층 버튼 아래 이미 불이 켜진 지하 이 층 버튼을 바라보았다.

이 동에 입주자 대표가 살잖아요. 뭐 좀 할 얘기가 있어서 왔어요.

묻지도 않은 말을 하고는 여자가 웃었다. 무슨 얘기인지 궁금하게 만들기 위한 것인지도 모른다는 생각이 들자 아무것도 묻지 않을 거라는 것을 알려주듯 아, 네, 시큰둥하게 대꾸했다. 그러고는 방금 도착한 문자라도 있는 양 휴대폰에 시선을 두었다.

여자들끼리 탁구 모임이 있어요. 그리고 에어로빅 모임도 있고요. 원하시면 연락처 알려주세요. 시간표 보내드릴게요.

네?

탁구는 내일 모이는데 꼭 나오세요.

시간이 되면 나갈게요.

여자가 물끄러미 바라보는 게 느껴졌다.

저기 얼굴에 휴지 묻었어요. 여기.

자신의 눈가를 손가락으로 가리키며 경원을 바라보았다. 친구와 어느 대목에서 눈물을 흘렸는지 기억나지 않았다.

정비소에 들러 차를 찾아 출발했다. 우면 터널로 가면 먼 거리는 아니었다. 예술의 전당 맞은편 반포 방향으로 세 블록

지나 나오는 병원이었다. 그러나 좌회전하면 바로 나오는 터널을 잠시 고민하다 지나쳤다. 신호등이 없는 고속도로에서 계속 일정한 속도를 내어 달려야 하는 것은 터널의 공포와 다르지 않았다. 경원은 살던 동네에서 동떨어진 식당이나 서울 외곽의 한적한 브런치 카페에서 하는 친구들 모임에 혼자 운전해서 갈 수가 없었다. 몇 개의 길고 짧은 터널을 지나야 했고 요금소를 지나 고속도로를 타야 했고 도심으로 진입해서는 일관성없이 구분해야 하는 우회전과 좌회전. 누군가가 데리러 오고 데려다주지 않으면 혼자서는 오고 갈 수 없는 곳이 많아졌다. 터널 속에서 입이 마르고 눈길은 여지없이 흔들리고 손바닥엔 땀이 배어 나와 핸들이 미끄러울 정도였다.

가늠하기 어려운 건 길이 아니라 자신이었다. 심장이 언제 곤두박질칠지, 흔들리던 눈길이 어느 순간 하얗게 사라진 길을 쫓고 있을지, 머리는 어느 순간 먹통이 되어 판단력을 잃게 될지 알 수 없었다. 오롯이 혼자 빠져나가야 하는데 자신을 신뢰하지 못하는 순간, 추월하는 차들처럼 공포가 뒤에서 쏜살같이 쫓아오며 굉음을 냈다. 핸들이 저절로 움직인 것처럼 차체가 심하게 흔들렸다. 그럴 땐 차라리 터널 벽에 차 머리를 박고 그 고통을 빨리 끝내고 싶은 마음이 들었다.

우면동 아파트 단지 사이를 가로질러 양재천 길로 접어들었다. 바람 없는 천변은 미세먼지로 인해 부옇게 보였다. 오피스텔 여자가 한 말이, 무심히 지나치려 했던 얘기가 떠올랐다.

우울증엔 탁구랑 에어로빅만 한 게 없어요. 나와서 함께 해요. 우두커니 바라만 보고 있으니 여자가 웃옷을 벗어 팔에 걸고는 아직 날이 덥다며 화제를 바꾸었다. 전 벌써 갱년기인지 열이 올랐다 내렸다 해요. 저 얼굴 빨개졌죠? 안 빨개요, 라고 대꾸하고 내리려는데 여자가 큰 소리로 말했다. 기운을 내세요. 경원이 아무런 말도 보태지 않자 살가운 미소를 지으며 여자가 인사했다. 그럼, 다음 모임에서 뵐게요. 자신이 그렇게 우울해 보였을까, 백미러로 얼굴을 살펴보았다. 칙칙한 낯빛이었고 눈 아래 속눈썹 사이에 하얀 휴지가 묻어 있었다. 몇 번이나 손을 놀려도 잘 떨어지지 않았다. 그렇네. 우울해 보여. 경원이 피식 웃으며 우물거렸다.

양재대로 아래를 지나가다 대로변으로 빠져 사거리에서 사당 쪽으로 좌회전했다. 터널로 가면 30분 만에 갈 거리였는데 양재쯤에서 이미 한 시간이 지나 있었다. 아직도 온 거리만큼 가야 했다. 사당과 이수로 이어져 신림동과 동작대교로 연결되는 사당대로는 늘 차가 많아 혼잡했다. 게다가 퇴근 시간이 가까워진 까닭인지 길이 더 밀렸다.

집에서 정비소까지 그리고 병원 도착까지 두 시간 이십 분이 걸렸다. 지상 주차장에 주차하고 병원에 들어섰다. 병원의 차가운 냄새와 술렁임 속에 초라하고 무력해 보이는 사람들의 표정이 눈에 들어온다. 이곳이 병원이 아닌 마트거나 쇼핑몰이었다면 그들의 표정이 달리 보였을까.

8층 입원실은 신축 건물인 신관 입구로 들어가 에스컬레이터를 지나 그 아래 복도 끝에 이어진 구관에 있었다. 안내접수대에서 병실을 물으니 구관의 병실 위치를 알려주며 8층에 있는데 1호에서 5호 라인까지는 감염병 환자들의 병동이니 그쪽으로는 가지 말라는 주의를 주고는 오른편을 가리켰다.

2층 올라가서 엘리베이터 타세요.

네, 고맙습니다.

경원은 에스컬레이터나 계단을 찾았으나 오른편에 내려가는 계단만 보였다. 그 아래 보이는 편의점에 들어가 여러 가지 주스가 들어 있는 음료 세트를 하나 샀다. 계산을 하며, 간호하는 은정을 위해서 원두커피라도 하나 사 오지 않은 것을 후회했다. 음료 세트를 다른 손에 바꿔 들면서 손잡이 자국이 선명하게 나 있는 손바닥을 바지에 문질렀다.

방사선과를 지나고 채혈실을 지나 접수대를 바라보며 구관 건물의 복도로 들어섰다. 그런데 어찌 된 영문인지 다시 내려가는 계단이 보이고 방사선과가 나오고 채혈실이 있었다. 접수와 수납을 하기 위해 기다리는 사람들이 눈에 띄었다. 복도를 그대로 한 바퀴 돌고 있던 모양이었다. 구관 복도 입구에 아는 얼굴이 보인 닷이었다. 저음엔 남자인지 여자인지 구별하기 어려웠다. 누구일까. 화장기 남아 있는 얼굴과 남다른 옷차림을 하고서 고개를 힘없이 떨구고 앉아 있는 남자는 분명 눈에 익은 얼굴이었다.

결혼 전 다니던 회사 거래처 사람이었는지 얼마 전, 시계 수리를 하기 위해 들렀던 부품 집 직원이었는지 어느 식당 주방에서 고개 내밀던 요리사였는지 기억할 수 없다. 남자는 병원에 무슨 일이 있어서 온 걸까. 멀리서 봐도 피부가 하얗다는 것을 알 수 있었다. 헐렁한 티셔츠에 카고바지를 입은 모양새가 자연스러우면서도 세련된 느낌을 주었다. 고개를 숙이고 있어 표정은 제대로 보이지 않았으나 음울한 분위기였다. 어째서 저런 모습으로 앉아 있는 것일까. 긴 의자 맨 끝에 앉아 있다가 누군가의 이름이 불리자 남자가 대답하며 일어났다. 천천히 고개 들어 뼈저리게 슬픈 눈길을 옮기며 잠시 두리번거리다 병실로 들어갔다. 그 사람은 어떤 모습일까.

아까 보낸 톡 내가 자세히 읽어보지 못하고 그만 지워버렸네. 미안. 뭔가 어둡고 무거운 느낌이었는데. 내가 바빠 경황이 없어 그랬어.

재민이 보냈다. 종수는 답이 없었다.

소주 한잔하려고 나왔어. 낙지짬뽕 시키고 앉아 있다. 네가 힘들 때 곁에서 힘이 되고픈데. 매번 그러지 못하는 것 같아. 그런 내가 마음에 안 드네. 반병만 하자는 게 두 병을 마셨더니 더위에 열이 확 오른다. 못났지 나.

여전히 문자가 없는 종수에게 재민이 보냈다.

어둡고 무거운 내용의 문자에는 어떤 말이 담겨 있었을까. 왜 지웠을까. 곁에 자신이 있었던 건지도 몰랐다. 언젠가 경원이 요즘 화제가 되고 있는 먹방 유튜브를 보여주다가 요즘 따라 휴대폰 속도가 느려졌다는 말에 알약을 깔아주려고 그의 전화기를 들었을 때 재민은 무척이나 당황하며 휴대폰을 가져갔다. 그 무렵 그는 종종 경원이 모르던 표정을 지었다. 조급하게 보이는 발걸음과 고개를 돌리기 전, 먼저 움직이는 눈동자. 말을 하려다 말고 식사도 하다가 말고 모든 일에 의욕이 없어 보이던 모습. 휴대 전화를 챙겨 쥐고 우유나 커피 등 당장 필요하지 않은 물품을 사 오기도 하고 재활용할 것이 별로 없는데도 구실을 만들어 버리고 오겠다며 집 밖으로 나가던 모습. 그는 어딘지 초조한 표정이었다.

놀이터를 개조하여 만든 주차장 옆에는 늦게까지 불을 밝히고 운영하는 빵집이 있고 그 옆에는 마트가 있었다. 그곳에 주차하는 날은 빈손으로 들어오지 않았다. 그러나 언제부터인가 재민은 양손에 들고 오던 베이글이나 덜 익은 바나나, 경원이 주문했던 소화 잘되는 우유, 동물 복지 달걀 등을 사 오지 않았다. 서운해하는 경원에게 사무적이고 냉랭한 말투로 지금 사 온다며 다시 나가기 일쑤였다. 그러다 어떤 날은 친절하게 물어보기도 했으나 그가 힘들여 노력하는 모습에 오히려 경원의 서운한 마음은 더해갔다. 서로 한숨을 쉬는 일이 잦아졌다. 대화 없이 사는 법. 마치 그런 제안이라도 받은 사람들처럼 점점 그렇게 지냈다. 한집에서도 서로의 목소리를 듣지 못했다.

안내대에서 알려준 길을 다시 기억하며 곧장 걸어가니 막다른 길옆으로 구관으로 통하는 유리문이 보였다. 아까는 왜 이 문이 보이지 않았을까. 중앙을 가로질러 가자 두 개의 병실 침대가 들어갈 만큼 커다란 엘리베이터가 마침 문이 열려 있었다. 손에 쥔 휴대폰을 열어 진동 모드로 되어 있는지 확인하고 가방에 넣으려는데 부재중 전화가 와 있었다. 종수였다.

엘리베이터의 문이 몇 번 열리고 닫히기를 반복하다 안에

탄 사람이 안 타세요, 하고 묻는 바람에 경원은 엘리베이터 안으로 들어갔다. 가만히 있는데도 링거 걸린 거치대가 고르지 못한 바닥을 끌듯이 덜거덕거리는 소리가 들렸다. 8층 병동에 들어서면서 자꾸만 부옇게 흐려지는 시야로 길이 사라졌다 돌아오기를 반복했다. 경원은 왜 눈물이 나는지 알 수 없었다.

도착한 병실 앞에서 휴대폰의 거울로 얼굴을 살폈다. 잘 보이지 않아 손가락으로 거울을 문질렀다. 무슨 말을 해야 할지. 어떤 표정을 지어야 하는지. 편찮은 어른은 자신을 알아볼까. 들어가지 못하고 병실 앞을 서성이다 맞은편 대기실 옆에 보이는 화장실에 몸을 숨기듯 들어갔다. 손을 씻고 가방에서 손수건을 꺼내 눈가를 닦았다. 경원은 거울에 비친 자기 모습이 낯설었다. 손을 올려 머리를 쓸어내리는데 조직검사 했던 가슴이 뻐근하게 아파져왔다. 가방에서 전화기를 꺼내 들다가 부재중 통화버튼을 눌렀다. 종수의 목소리가 들리자 경원은 일방적으로 이야기하기 시작했다.

부재중 전화가 와 있어서요. 무슨 일로 전화를 했나요?

경원이 다그쳐 묻자 남자는 아무 말이 없었다.

한번 만날까요? 만나서 얘기해요. 꼭 물어보고 싶은 말이 있어요.

경원은 자신이 무슨 말을 하는지 알 수 없었다.

언제 시간이 괜찮으세요?

종수가 물었다.

뭘 어떻게 해야 할지 아무것도 모르겠어요. 아무튼 시간 봐서 연락드릴게요. 제가 지금 병원에 왔어요. 나중에 전화할게요.

경원은 전화를 끊었다. 횡설수설하는 동안 숨을 참고 있었는지 호흡이 가빠왔다. 겨우 일 분 남짓 통화에 자신이 무슨 말을 했는지 떠올리다 경원은 남자에게 말할 틈을 주지 않았음을 알았다. 진동 소리에 휴대폰을 열었다.

저도 하고 싶은 말이 있습니다. 사는 일에 얼마나 용기가 생겼는지 모르실 겁니다. 막다른 길처럼 하나뿐인 선택입니다. 이렇게 살 수 있다면…….

경원은 남자의 말허리를 자르고 무슨 얘기를 하는 거냐고, 그런 얘기라면 듣고 싶지 않다고 끊으려다 가만히 기다렸다. 남자의 단정한 말씨 때문이었을까. 하마와는 사뭇 거리가 먼 말투였다. 난 이해하기 어려워요. 그리고 난 당신이 불편해요. 하려던 말을 경원은 하지 못했다.

그게 제 바람입니다. 세상엔 자신의 힘으로 어려운 일들이 있는 것 같아요. 그럼, 이만 끊겠습니다. 건강하길 바랍니다.

남자는 전화를 끊었다. 경원은 자신도 모르게 돌아서서 빠른 걸음으로 병원 밖으로 나가고 있었다. 자신의 힘으로 어려운 일이 얼마나 많은데요. 당신만 그런 게 아니잖아요. 참 이기적인 사람이라는 생각이 들었다. 나의 바람은. 나의 바람은요. 숨을 고르며 걸음을 멈추었다. 벤치에 잠깐 앉았다. 링거 거치대를 끌고 산책하는 사람들이 눈에 띄었다. 마지막일지도 모르는데. 경원은 왔던 길을 돌아 다시 병원 입원실로 향했다. 어른에게 인사는 하고 가고 싶었다.

접수대를 끼고 감염병 병동을 몇 번 돌다 6호실이 있는 복도로 들어갔다. 병실 문을 열었다. 아버님은 자고 있었다. 좀 전에 이동한 모양으로 침대의 옆 레일이 양쪽으로 올라와 있고 발치엔 전동 시트의 작동법이 적힌 종이가 걸려 있었다. 아버님 얼굴에는 표정이 없었다. 코에 꽂은 링거줄로 인해 함몰되어 벌어진 입술 사이로 목에서부터 쇳소리가 흘러나오고 있었다. 조용하고 단조로운 소리였으나 불안한 기색이었다. 아버님은 자고 있는데도 편안하게 보이지 않았다. 경원은 언제나 데면데면 어른을 대했다. 아파트 베란다 너머를 물끄러미 바라보던 뒷모습을, 병환에 움츠러든 목과 구부정한 어깨가 도드라져 보이던 그 뒷모습을 바라보지 않으려 했다.

은정은 테이블 위에 흩어져 있는 여러 장의 사진을 바라보고 있었다. 어떤 의례처럼 한 장씩 오랫동안 들고 있다 내려놓

앉다.

언니 왔어요? 아버지 좀 전에 잠들었어.

나지막하게 말했다. 원망과 질책과 그리고 반가움이 섞인 표정이었다.

괜찮으세요?

선뜻 대답할 수가 없었는지 경원을 향해 은정이 고개를 저었다.

결과 기다리고 있어요. 너무 오래 아프셨잖아요. 아빠가 힘들어 보여 이제 보내드려야 할 것 같아.

은정이 기운 없는 목소리로 말을 이었다.

오빠가 언니한테는 연락하지 말라고 하던데 무슨 일 있어요?

경원은 오빠와 헤어지기로 했다고 말하지 못했다.

나중에 얘기해요.

은정이 경원에게서 눈길을 돌려 어른을 바라보며 말했다. 얼마 전 어른은 요양원에서 요양병원으로 옮겼다.

언젠가 아빠가 요양원 창밖을 보고 있다가 저기 있는 사람이 언니와 재민이 아니냐고 묻더라고. 남녀 커플이면 늘 그렇게 물었어. 아빠가 언니한테 미안하대. 언니 고생시켰다고. 자주 그랬어.

마지막이 될지도 모를 대면이었다. 어른의 얼굴엔 아픔을 오래 버려둔 기색이 눈자위부터 목덜미까지 흙처럼 덮여 있었다. 그 무게를 이기지 못하고 떨어진 눈꺼풀. 오래 앓던 병에 곱아든 손이 가만히 바닥을 더듬거리며 떨렸고 침대가 이따금 비걱거렸다. 은정이 바라보고 있던 어른의 사진들에 눈길을 두었다. 어색하게 웃는 모습. 딱딱하게 굳어버린 자세로 표정마저 멈춘 얼굴. 증명사진을 찍은 듯 정자세로 미소 짓고 있는 모습. 그중에는 오래전 청년의 모습으로 천진난만하게 웃고 있는 사진도 있었다.

어떤 사진이 좋을까요?

은정이 담담하게 말했다.

나는 아빠를 알잖아요. 평소 영정사진은 당신이 고르고 싶다고 했어. 근데 어떤 날은 사랑하는 사람이 영정사진을 골라주는 게 좋겠다는 거야. 그런 사람들이 부럽다고. 나도 아빠가 사랑하는 사람 맞겠지요?

경원은 선뜻 대답하지 못했다. 아버지 곁에서 장례식장에 놓을 사진을 고르는 행위를 뭐라 해야 할지. 부도덕한 듯 여겨졌다. 영정사진을 따로 찍어둔 것은 아니었다. 사진 한 장 한 장 바라볼 때마다 장례식장의 하얀 국화꽃 사이에 놓인 어른의 모습과 그곳의 침울한 분위기와 상주복을 입은 사람들이 떠올려졌다.

어떤 모습이 좋겠냐고 아빠한테 묻고 싶은데 어제부터 의식이 없어요. 진작 물어볼걸. 장례식장에 있을 자기 모습이 궁금할 기 같아. 아무래도 밝은 표정이 아빠 맘에 들겠지. 세련되고 지적인 모습을 원할지도 모르는데.

병실에서 나와 엘리베이터를 타고 내려왔다. 어른은 깨어나지 않았다. 자신을 바라보는 어른에게 차마 인사할 수 없었을 것이라고 경원은 생각했다. 그대로 오십 미터 정도 가다 보니 건물의 이음새가 눈에 확연하게 보일 정도로 신관과 구관 내벽의 마감재가 달랐다. 왔던 길을 따라 입구를 찾았다. 방사선과를 지나 채혈실을 지나쳤다. 안내 팻말에는 영상의학과라고 적혀 있었다. 채혈실에서 나오는 할머니가 보였다. 뒤에서 휠체어를 밀고 있는 이는 아들인 듯 보였다. 90세가 넘어 보이는 할머니의 몸은 얼마나 작고 가냘픈지 한쪽 팔걸이 높이에 어깨가 닿아 있었다. 모자를 썼다 벗은 양, 숱 없는 머리의 정수리는 눌려 있고 위로 들린 앞머리가 이마에 조그마한 차양을 만들었다. 할머니의 휠체어를 미는 남자에게 시선이 갔다. 오랜 병구완으로 일상을 잃은 사람들이 그렇듯 고단하고 팍팍해진 입매와 돌처럼 굳어버린 광대가 도드라져 보였다.

경원은 병원 입구를 빠져나와 맞은편 의자에 앉았다. 어른이 깨어나면 휠체어에 어른을 앉게 하고 산책해야겠다고 생각했다. 그리고 샹들리에 이야기를 해야겠다고. 이사한 집에 그가 힘들여 달아놓은 샹들리에가 얼마나 예뻤는지를. 어느 날인가 그 예쁜 조명에 그가 욕을 써서 붙여놓았는데 우습게도 사랑받고 있는 느낌이 들었다고. 그건 아내를 기다리던 남편의 애정이었을 테니까. 그렇게 사랑하고 다투며 재밌게 살았다고. 허리를 숙이고 가까이 다가가 링거 주사 바늘로 부어 있는 어른의 팔을 쓸며 이런 말도 할 수 있을까. 잘해드리지 못해 죄송했어요.

경원아. 너와 함께하고 싶어서 노력했어. 재민의 말이 자꾸 맴돌았다. 병원 복도 의자에서 일어서려다 주저앉듯 다시 앉았다. 그를 마주치지 않는 게 좋을 듯했지만, 경원은 잠시 이대로 있고 싶었다. 가방에서 재민에게 돌려주려고 가져나온 휴대 전화를 꺼냈다. 그와 그의 연인이 주고받던 대화가 고스란히 남아 있는 채팅방에 마지막으로 들어가 검색어에 자신의 이름, 경원을 썼다.

내가 그리 다정다감한 사람이 아니야. 경원이가 그러더라. 냉정하기가 뱀 같다고. 나도 별수 없는 듯해.

그가 종수에게 보냈다.

너, 다정해. 다정한 얼굴로 선을 긋지.

종수는 서운한 일이 많은 듯 이렇게 답했다.

다징하게 보였다면 그만큼 널 좋아한 거야.

그냥 섭섭한 거였으면 화내고 싸웠을 거야. 이해할 수 있는 거니까 말도 할 수 없는 거야. 근데 궁금한 게 있어. 물어봐도 될까?

물론이지.

나를 사랑하기 때문에 네가 감수하는 게 있겠지. 그게 뭐지?

종수가 물었다.

내가 아무것도 안 한다는 말로 들리는군. 솔직하게 말하면 양심에 가책을 느끼곤 해. 경원이한테 미안한 마음이 있다.

그는 이렇게 대답했고 이어서 종수가 짧게 물었다.

너, 나랑 바람피우냐?

재민은 아무런 말이 없었다.

그만하자. 네가 양심의 가책을 느낀다면 그만두는 게 옳아. 내가 원하지 않으니까.

종수가 답했다.

원하지 않으니까. 경원이 작게 읊조리며 먼 하늘을 바라보았다. 어떤 사랑도 아름답지 않은 듯했다. 더는 채팅방을 열어보지 않을 생각이었다. 붉은 햇살이 병원 유리 벽면에 반사되어 지상 주차장 쪽으로 쏟아져 내리는 듯 보였다. 병원 현관 앞에 주차된 택시 한 대가 건물의 그림자를 막 벗어나고 있었다.

택시에서 내린 두 남자가 걸어가고 있었는데 멀리서도 알아볼 수 있었다. 조금 여위었으나 여전히 체격이 큰 그가 있고 곁에 남자가 있었다. 하마였다. 그들은 큰 키며 생김새가 서로 닮아 있었다. 다시 만난 듯 또다시 헤어진 듯 바라보는 눈길이 데면데면했다. 그가 들고 있던 노트북 가방을 건네자 남자는 백을 받아 자신의 한쪽 옆구리에 끼우고는 바지 주머니에 한쪽 손을 넣어 고정했다. 다른 한 손으로는 그의 어깨 구김을 펴주었다. 그런 눈길로도 그들은 서로 소홀하지 않았다. 하마는 아마도 하얀 말이었는지도 몰랐다. 목덜미를 덮은 조금 긴 머리의 남자는 하얗고 키가 커서 그렇게 보였다.

경원은 고개를 돌린 채 의자에서 일어나 지하 주차장 건물로 들어섰다. 걸음을 서두르다 마주 오는 휠체어에 부딪힐 뻔했다. 그가 양심의 가책을 느끼곤 했다는 것으로 되었다. 세상엔 자기 뜻대로 되지 않는 일이 있으니까. 억울한 것도 서글플 일도 없었다. 바람이 아니라, 드디어 만난 사랑이라고만 말했다면 화가 났을지도 모르겠다. 유치하게도. 경원은 햇살에 얼굴을 잠시 들고는 그런가, 라고 중얼거렸다.

내일은 병원에 들러 검사 결과를 듣고 오는 길엔 친구에게 어울릴 만한 모자를 사러 가야겠다. 아무리 돌아다녀도 머리카락 없는 두상에 어울리는 모자가 없더라는 친구의 마음에 쏙 드는 모자를 사면 좋을 것 같다. 내가 찾던 모자야. 너, 진짜 감각 있어. 우리 뭐 먹을까. 요즘 부쩍 입맛이 돌아. 웃으며 이런저런 이야기를 나누고 싶었다. 시아버지가 입원한 병원에 갔다 왔어. 은정이 영정사진을 고르는데 너무 슬프더라. 이게 마지막인가 싶어. 다시는 볼 수 없다는 게 믿기지 않아. 병원 나오다 그를 봤다. 연인과 함께였는데 이상하게 기분이 나쁘지 않았어. 그들의 삶이 있는 거니까. 친구야 몸은 좀 어떠니? 나, 얼마 전 조직검사를 했는데……

친구에게 무슨 말을 하게 될지 알 수 없지만, 잘 이겨내봐야지. 경원은 아주 긴 이야기가 끝나가고 있을 때 뒤에 몇 페이지가 남았는지 책장을 넘겨 헤아려보던 순간에 그랬던 것처럼, 잠시만 덮어두자고 생각했다. 내가 너를 사랑하는 것만큼 너에게 잘해주지 못한 것 같아. 재민의 말에 웃었는지 울었는지는 기억나지 않는다. 그 말을 전하던 그의 표정과 목소리를 한동안, 어쩌면 오랫동안 기억하게 될 테지만 그게 무슨 사랑이냐며 따져 묻던 그 순간에 그랬던 것처럼, 씩씩하게 지내다가 어느 날은 그에게 아직 하지 못한 작별 인사를 해도 좋을 것이다. 하늘에서 하얀 눈발이 날려오고 있었다.

사소한 일

벤틀리. 로베르토 카발리. 벤틀리. 로베르토 카발리. 상미가 중얼거렸다. 처음 듣는 단어였는데 어색함 없이 입에 감겼다. 초밥 위에 얹혀 있는 생선 살을 떼어내어 국을 끓이는 중이었다. 고추냉이가 묻은 채 딱딱하게 굳은 손마디만 한 크기의 밥은 지퍼백에 넣어 냉동실에 넣었다. 벤틀리. 로베르토 카발리. 다시 중얼거렸다. 물을 얼마나 많이 부었는지 연어, 우럭, 광어와 생새우 조각들이 잔물결을 만들며 냄비 안에서 둥둥 떠다녔다. 소금과 멸치액젓으로 간을 맞추고 고춧가루도 약간 풀었다. 다른 해물이나 별다른 재료는 없었지만, 열심히 씻은 미나리까지 넣은 후라 물을 덜어내지는 않았다. 한소끔

끓이고 나자 얇은 생선 살은 그나마 익기 전보다 더 작아져 있었다.

　이게 뭐야? 식탁에 앉은 중구가 국을 내려다보며 숟가락으로 휘휘 저었다. 물이 좀 많네. 우물거렸을 뿐, 어제 모임에서 가져온 초밥의 생선 살로 끓인 거라고 상미는 말하지 않았다. 일 인당 25만 원 하는 일식집에서 식사했고, 먹고 먹다 남긴 초밥을 다 싸 들고 왔다고도 말하지 않았다. 남겨, 너무 배부르다. 말하는 친구들 틈에서 태연하게 미소 짓고 있다가 모두 일어서려는 순간, 아깝다 내가 싸갈게, 적절한 어조로 나서던 것을 말하지 않은 건 물론이었다. 맛이 이상해. 중구는 이런 국은 처음 맛본다는 표정이었다. 상미도 맛이 이상했지만, 생선 살을 건져 먹은 후 국그릇을 들어 마셨다. 중구가 안 보는 척하며 눈길을 두는 게 느껴졌으나 머뭇거리지 않았다.

　어제는 상미의 중학교 동창 모임이 있었다. 오래간만에 보는 친구들과 반가운 얼굴로 인사를 나누며 일식집에서 식사하고 카페로 자리를 옮겨 차를 마셨다. 들뜬 목소리로 대화를 나누고 천진난만하게 여러 번 웃어 젖혔다. 중학생으로 다시 돌아간 기분이었다. 누가 먼저랄 것도 없이 이야기는 끊임없이 이어지고 있었는데 대화는 그때와 사뭇 달랐고 내용은 포괄적이었으나 개개인의 현실 상황과 그에 따르는 생각이 이야기의 범위가 되었다.

경제는 물론 정치 현안에 관해 가볍게 주고받은 후 주식과 코인 등의 재테크 정보도 공유했다. 그러다 SNS를 하는 시어머니 이야기에 목소리 높여 찬반을 논하다가 유튜브로 떼돈을 벌고 있다는 동창생에게도 연락한 것인지를 확인했다. 누군가의 연애담에 다들 가까이서 잘 듣기 위해 의자를 바짝 당겨 앉아 귀를 기울이다가 그 상대가 유부남이라는 소문에 분위기가 한껏 고조되었다. 문득 떠오른 듯 새벽에 아이 맡겨놓고 나이트를 전전했다던, 아무도 연락처를 모르는 한 친구의 소식을 상미가 묻자 그 친구 우울증이 심했다는, 어디선가 들은 이야기를 누군가 전했다. 어떻게 살고 있을까. 잘 지내려나. 이내 격앙되었던 분위기가 조금 수그러들었다. 곧이어 이혼이나 별거와는 다르게 부부관계는 유지하면서 각자의 삶을 자유롭게 사는 졸혼에 관한 이야기가 나왔는데, 언제 적 풍속이냐며 요즘은 깔끔하게 이혼한 독신들의 연애나 동거 얘기가 더 흥미롭다고 누군가 말했다. 그 의견에 다들 동의한다는 듯 고개를 끄덕이기도 했다. 한집에 살면서 자유가 가능하겠냐는 말이 나왔고 서로 간섭을 하지 않는다는데 그것의 경계가 너무 모호하지 않냐며 아마도 개인차가 클 거라는 말들이 오갔다. 아이가 있는 친구들은 대부분 집 붙박이가 되어 나오지 않았으므로 어린 자식들 이야기는 흐지부지 건너뛰었고 이느새 모두의 귀가 솔깃해지는 이야기로 화제가 바뀌었다. 유행하는 패션과 피부 관리에 대한 유용한 정보였다. 상미가 주기적으로 레이저 시술을 받고 있다는 친구의 피부를 물끄러미 바라보며 모공이 보이는지 살피는데 써마지와 울쎄라로 작은 얼굴을 만들었다는 다른 친구의 말에 수긍할 수 없는 몇몇이 반기를 들었다. 그 탓에 잠시 침묵이 흐르기도 했지만 결국, 모두가 인정할 만큼 맑은 피부를 가진 친구에게 질문이 쏟아졌다.

나 그거 했어. 그 와중에 상미가 최근 레이저로 겨드랑이를 제모했다고 말하자 세 명이나 깜짝 놀라며 그걸 이제야 했느냐고 물었다. 더럭 무안해져 의기소침해진 상미는 문득 18년 전 중학교 시절의 분위기를, 그 당시 친구들 각자의 상태를 좀처럼 기억할 수 없다는 안타까움을 느끼면서 그녀들의 수다를 가만히 듣고만 있었다. 시간이 흐를수록, 이야기가 길어질수록 친구들의 요모조모가 눈에 들어왔다. 옷차림이 수수한 주영이는 어디선가 기사가 대기하고 있을 것 같은 세단 수입차를 타고 왔고 지하철로 왔다는 희주는 대기업에 다니는 남편의 승진 기념으로 그날 열두 명의 식사비를 냈다. 호주에서 놀러 온 아영은 딱 봐도 태가 나는 명품 티를 입고 있었는데 아침에 골프를 치고 스파에 들러 경락마사지를 받고 오는 길이라고 했다. 벤틀리. 주영이 타고 온 차는 요즘은 어디서나 볼 수 있는, 어떤 동네에선 흔한 차라는 말들이 나왔고 아영의 로베르토 카발리 셔츠는 색상이 화려해서 아무에게나 어울리기가 어렵다는 품평이 한참 오갔다.

    당신 벤틀리 알아? 상미가 국그릇을 바라보며 중구에게 물었다. 벤 뭐? 흔한 차라는데. 아, 벤츠? 중구는 국을 한 숟가락 떠먹고는 아예 수저를 내려놓았다. 젓가락으로만 밥을 먹고 있었다. 아니, 벤틀리라니까. 그럼 마이바흐는 알아? 자꾸 묻는 통에 입맛을 잃었는지 젓가락도 내려놓으며 중구는 시큰둥하게 대꾸한다. 아, 그 차? 알아? 매끄럽게 빠졌지. 그 차도 꽤 흔해. 중구가 아는 척했다. 흔하긴. 상미는 내친김에 로베르토 카발리도 물어볼까 하다가 중구를 너무 궁지에 몰아넣는 것 같아 그만두었다.

    친구 중 누군가는 모기업 회장이 탄다는 마이바흐를, 국내에 몇 대 되지 않는 희귀한 차임에도 오는 길에 보았다며 선택받은 사람처럼 목소리를 높이기도 했다. 상미는 한 번도 본 적이 없으므로 아는 척할 수 없었고 그런 자신이 선택받지 못한 사람이라는 데 생각이 미치자 자신의 목에 감겨 있는 스카프가 자꾸 눈에 거슬렸다. 전날 백화점에서 운이 좋아 살 수 있었던, 반짝 할인가 오만 원에 구매한 스카프였다. 외출 준비를 할 땐 옷과 어울리던 패턴과 색상이 유난하게 두드러져 보였다. 화장실에 수시로 드나들며 상미는 거울 속 자신의 모습을 여러 각도로 바라봤다. 스카프는 실크가 아닌 나일론 섞인 원단과 패턴의 배색이 딱 그냥 오만 원짜리였다. 신경 쓰지 않으려 친구들의 대화에 귀를 기울였지만, 지속해서 시선을 붙들었다. 뭘 짊어진 것처럼 어깨가 무겁고 목까지 뻣뻣했다. 이걸 풀어버려. 스카프는 한 올 흐트러짐 없이 목에 칭칭 감겨 있었다. 스카프를 두를 요량으로 하필이면 얼룩이 묻은 옷을 입었기 때문에 쉽게 풀어버릴 수도 없었다. 주황빛 나는 것으로 봐서 김치 얼룩이 틀림없다고 생각하다가 남들은 모르지 않을까 살짝 들춰보기도 했지만, 주황빛은 선연했다. 이른 봄인데도 식당 안의 기온은 초여름이나 다름없이 후덥지근했고 분위기는 좋은 말로 표현해 훈훈했으므로 상미의 몸에서는 땀이 흐르고 있었다.

이천만 원만 빌려줄 수 있는 사람?

청담동에서 의류 숍을 하는 인희가 물었고 돈 빌려달라는 얘기를 아무런 표정 변화 없이 말하고 있는 모습을 상미는 의아하게 바라보았다. 눈썹을 올린 채 살짝 내린 인희의 눈매는 오히려 거만한 인상마저 주었다.

　내가 빌려줄게.

　상미가 대답했다. 수건으로 이마의 땀을 찍던 중이었다. 누군가 부탁이라도 한다면 그게 어떤 부탁이건 흔쾌히 들어줘야겠다고 작정한 사람 같았다. 모두의 시선이 상미에게 쏠리고 잠시 쥐 죽은 듯 조용하다가 선뜻 호의를 베푸는 것에 대한 찬사처럼 미소를 보이는 친구들 가운데서 상미는 침착하게 우쭐해졌다. 오만 원짜리 스카프가 당당하게 느껴졌으며 배색도 이만하면 괜찮다는 생각이 들었다. 먹다 남은 초밥을 싸 들고 올 수 있었던 것도 돈을 빌려줄 수 있는 사람이 바로 자신이었기 때문이었다. 그런데 중구 몰래 만든 적금을 깨야 한다고 생각하니 상미는 곧 후회가 밀려들었다.

　중구가 남긴 국을 바라보며 마저 마실까 생각하다 상미는 자신이 비운 국그릇을 개수대에 넣으려고 일어났다. 두 달만 있으면 만기인데. 지금 깨면 이자가 거의 없을 텐데. 배는 부른 데다가 해약해야 할 적금을 생각하니 속에서 신물이 넘어왔지만, 손가락으로 입가를 문지를 뿐이었다. 그때 현관문의 벨이 울렸다.

　웬일이야. 전화라도 하고 오지.

두루마리 휴지 한 롤을 들고 문밖에 서 있는 아영에게 어서 들어오라고 손짓하며 상미가 말했다.

여기 지나가는 길인데 네 생각이 나서. 이기 천연펄프아.

아영이 현관으로 들어와 휴지를 내려놓고는 한 손에 쥐고 있던 휴대폰을 흔들었다.

배터리가 없어서 전화를 못 했어. 식사하는 중이었나 봐?

중구 앞에 있는 국그릇 속에 떠 있던 생선 살점들은 다행히 가라앉아 정체를 알 수 없는 국물이 되어 있었다.

어머, 중구도 있었구나.

아영이 환하게 웃으며 인사했다.

잘 지냈어? 이게 얼마 만이야.

중구와 아영은 초등학교 동창이었다. 6년 전 상미가 중구와 결혼할 즈음 아영은 이혼하고 호주로 떠났다. 연애할 때 두어 번 함께 밥을 먹기도 하고 술을 마시기도 했지만, 아영이 이혼을 하고 난 이후엔 셋이 함께 본 적이 없었다.

야, 반갑다. 어서 와. 잘 지내지? 더 예뻐진 거야?

중구는 희색이 만연한 얼굴로 아영을 보며 정말 반가운 말투로 인사했다. 아영은 그런 중구에게 손을 뻗어 악수했다.

돈이 좋긴 좋아. 그치? 밥은 먹었어?

스파와 경락마사지를 떠올리던 상미는 그렇게 물으며 식

탁 위의 국그릇을 얼른 들어 냄비에 쏟아부었다. 아영은 무슨 소린지 귀담아듣지 않은 모양이었고 중구는 이 사람이 갑자기 웬 돈타령인가, 하는 표정으로 상미를 쳐다봤다. 괜찮아. 배 안 고파. 아영은 손사래를 쳤다. 그러나 상미는 서둘러 김치를 썰고 양파를 썰었다. 속도감 있는 칼질로 도마에서는 전문가다운 경쾌한 소리가 났다. 우리 집엔 무슨 일이 있어서 온 거냐고 다시금 물으려다 그만두었다. 아영이가 먼저 말하지 않는 걸 물어본다는 게 어지간히 미안했다. 친구 집에 놀러 오는데 꼭 이유가 있어야 하는 건 아니니까. 상미는 준비한 재료들을 달달 볶다가 깨소금도 넉넉히 뿌렸다.

배부르다. 김치볶음밥을 먹던 아영이 수저를 내려놓았다. 남겨. 남겨. 어제의 친구들처럼 상미가 말했다. 더 먹지 그래. 식탁에 다가와 앉으며 중구가 물었고 다시 한번 배가 부르다는 아영의 대답에 중구는 김치볶음밥을 그릇째 자기 앞으로 가져갔다. 상미는 이 남자가 뭘 하려나 싶었다. 못마땅한 국 때문에 식사를 제대로 하지 못했다는 건 알고 있었다. 그래도 설마 했는데 중구는 아영이 먹다 남긴 김치볶음밥을 자신이 쳐다보고 있는 앞에서 거리낌 없이 먹고 있었다. 상미는 중구에게서 눈길을 돌렸다. 사람이 워낙 털털해서 그래. 성격이 좋으니까. 긍정적으로 생각하려 애를 썼지만, 점점 얼굴이 뜨거워졌다. 심지어 초밥을 괜히 들고 와서 이상한 국을 끓인 탓이라는 자책마저 들었다. 중구가 아직 수저를 들고 있거나 말거나 식탁 위의 반찬들을 치우기 시작했다.

    소파로 자리를 옮겨 앉아 중구는 아영에게 안부를 묻고 건강 정보와 같은 이런저런 이야기를 했고 비가 오지 않는 요즘 날씨를 우려하면서 서울의 한여름 날씨와 비슷한 호주 케언스의 계절에 관해 물었다. 그러고는 자신의 버킷리스트에 있다는 세계 최대의 산호초인 그레이트배리어리프가 어디서부터 어디까지 이어져 있는지 호기심 어린 눈빛으로 대화를 이끌었다. 일을 대충 정리한 상미도 앞치마를 풀고 소파에 앉았다. 텔레비전에서는 평소 중구와 즐겨보던 개그 프로가 나오고 있었다. 한 개그우먼이 옷을 입었다기보다는 뒤집어썼다는 표현이 어울릴 정도로 커다란 옷을 입고 천천히 걷고 있었고 두 개그맨이 그 뒤를 따랐다. 개그우먼의 귀염성 있는 얼굴은 옷에 파묻혀 아기 같은 모습이었다. 너무 웃긴 장면이어서 상미는 평소처럼 깔깔거리며 웃다가 진정했다. 아영이 먹다 남긴 밥을 스스럼없이 먹던 중구의 얼굴이 떠올라 가자미눈을 하고 쳐다보니 텔레비전에서 눈길을 돌린 중구가 바닥을 물끄러미 응시하고 있었다. 그 시선을 좇아가자 거기에 아영의 작고 하얀 맨발이 있었다. 빨간 페디큐어를 한 예쁜 발이었다.

저거 보니까 옛날 너 기억난다.

나?

중구의 말에 아영이 중구 쪽으로 몸을 기울이며 물었다.

한겨울이었을 거야. 네가 코트를 입고 왔는데 얼마나 큰지 소매 아래로 손가락만 겨우 보이는 거야. 코트 단 아래로는 발목만 보이고.

내가 그런 옷을 입고 다녔어? 너 정말 기억력 좋다야.

아영이 웃으며 대꾸했다.

커다란 옷 어깨 위로 양 갈래로 묶은 머리가 내려오고 소매 양쪽에 작은 손가락만 겨우 보였는데 그 모습이 뭐랄까.

귀여웠어?

상미가 물었다. 눈동자를 오른쪽으로 올려 천장을 응시하며 회상하는 중구의 표정을 물끄러미 쳐다보던 중이었다.

맞아. 나도 어렸을 텐데 그 모습이 참 귀엽다고 생각했던 거 같아. 너 그러고 다녔어. 기억나냐?

상미는 소파 팔걸이에 비스듬히 놓인 리모컨을 들어 채널을 돌렸다. 커트 머리에 중성적인 음성이 매력적인 여자 앵커가 진행하는 뉴스가 나왔다.

기억은 안 나. 근데 내가 어릴 때 체구가 너무 작긴 했어. 맞는 옷이 없을 정도였으니까.

어깨를 움츠리며 말하곤 아영이 살짝 웃었다. 텔레비전에서는 재래시장과 백화점 등을 배경으로 위축된 소비심리에 관한 뉴스가 나왔다. 저소득층은 소득이 줄고 고소득층은 세금 부담이 커져서 점점 소비가 줄어 전반적인 물가하락이 이어진다는 내용이었다.

소비가 주는데 왜 물가가 내려?

뜬금없이 궁금하다는 듯 상미가 물었다.

수요가 없으면 물건이 팔리지 않잖아. 그러니까 가격이 내리는 거지.

중구가 대꾸했다.

요즘 홧김 비용이라는 말이 있대. 혹시 알아? 홧김에 소비하는 거라는데.

아영이 말했다.

나도 들어본 적 있는 것 같아. 충동구매라고도 할 수 있지.

다들 그럴 때 있지 않나? 화나면 계획에 없던 쇼핑도 하고 막 먹기도 하잖아. 근데 그렇게 하면 스트레스가 풀릴까? 나는 스트레스가 더 쌓일 것 같아.

상미는 아영이 말하는 모습을 보면서 검은색 라운드 티에 베이지색 카디건이 참 잘 어울린다는 생각을 했다. 카디건의 단추에는 로고만 봐도 알 수 있는 값비싼 브랜드의 로고가 새겨 있었다.

또 이런 말도 있더라. 멍청 비용.

아영이 멍청이란 단어를 천천히 발음하며 웃었다.

그건 또 뭐야. 멍청하게 돈을 쓴다는 거야?

쓰지 않아도 될 돈을 쓴다는 거 같은데? 잊어버리고 있다 늦게 내서 붙는 연체료나 수수료. 그런 것도 포함하는 거겠지. 낼 때 꼭 후회하잖아. 자책하면서.

이름도 절묘하게 짓는다. 멍청 비용이 뭐니.

맘에 들지 않는 소리라도 들은 것처럼 인상을 쓰던 상미가 고개를 돌렸는데 주방 선반에 아침나절 자신이 빨아놓은 행주가 보였다. 얼룩이 남은 채로 길게 널려 있었다. 해약해야 할 적금이 떠올랐고 몇 달 차이로 받지 못하는 이자는 생각 없이 써버린 멍청 비용처럼 생각되었다.

아영은 중학교 때 같은 반 친구였다. 또 한집 친구이기도 했다. 옆집도 아니고 앞집도 아닌 대문이 하나이고 건물도 하나인 그곳에 아영의 집은 일 층에 있었고 상미의 집은 이 층에 있었다. 골목 막다른 곳에 있는 집은 제법 큰 대문을 자랑하고 있었는데 그 대문을 열면 일 층 현관에 다다르기 전, 그러니까 마당을 들어서자마자 오른편에 가파른 계단이 있었다. 아홉 계단을 올라가 문을 열면 초록 파이프가 달린 수도꼭지가 보였고 중앙에 야트막한 싱크대가 있었다. 상미가 살게 될 이 층에 있는 집이었다. 왼쪽으로 몸을 틀면 방문이 보였다. 방은 방바닥이 경사가 져 있어 서 있으면 한쪽 다리로 체중이 실렸으므로 수평을 맞추기 위해 장이건 책상이건 한쪽 다리 아래에 신문을 접어 고여야 했다. 상미는 그때까지만 해도 대지면적 넓은 일 층이 아영이가 사는 집인 줄 몰랐다. 이사 들어오는 살림과 할머니를 안쓰럽게 쳐다보던 집주인은 아영의 엄마였다.

할머니는 아픈 다리를 잠시도 쉬지 않았고 한숨 소리 한 번 내지 않았다. 한 계단 한 계단 오를 적마다 남몰래 무릎을 두드릴 뿐이었다. 뭐 하냐? 상미에게 여러 번 소리를 지르다가 아범이 미국에 있어요, 며느리도 같이요, 했다. 누가 묻지도 듣지도 않는 말을 큰소리로 해댔다. 큰 슈퍼를 하고 있으니까 워낙 바빠서 못 나왔지 뭐예요. 아영의 엄마는 듣고 있는 듯도 했지만, 대꾸라도 했다가는 말이 길어질 것을 염려하는 얼굴이었다.

상미는 할머니가 그럴 때마다 목이 간지러웠다. 거짓말도 자꾸 하면 신뢰가 생길 만도 한데 할머니의 거짓말은 하도 뜬금없어서 터져 나오는 재채기 같았다. 아영의 엄마도 이삿짐을 나르는 인부 그 누구도 할머니에게 그러냐고 되묻지 않았다. 그렇게 이야기가 멈춰버리면 집 나간 아들과 며느리의 소식을 알지 못하는 할머니는 상미를 향해 측은한 눈빛을 하고서는 소리를 질렀다. 뭐 하냐? 여기 좀 닦아라. 물기를 꾹 짠 비틀어진 걸레를 상미에게 던졌다. 그때였다. 누군가 발랄하게 집으로 들어오고 있었다.

너?

아영이었다.

이제 가야겠다.

아영이 시계에 눈길을 두며 말했다.

가려고?

늦은 저녁 시간에 아영이 왜 왔을까, 골똘히 생각하고 있던 상미가 엉거주춤 일어났다. 밤 열 시 반이 넘어가고 있었다.

늦었는데 자고 가지 그래.

중구가 염려스러운 얼굴로 말했다.

그래. 여기까지 왔는데 자고 가.

상미가 아영이의 팔을 잡아끌었다. 셋은 다시 텔레비전을 보았다.

중구가 일어나 저벅거리며 화장실로 들어갔다. 상미는 그 뒷모습을 바라보며 볼일 보는 중구의 자세를 언뜻 상상했다. 중구는 좌변기에 깊숙이 앉아 소변을 보고는 했으므로 상상이 어렵지 않았다.

호주는 언제 갈 거야?

상미가 소파에 기대며 아영에게 물었다.

다음 주에 가야지.

아영이 고개를 돌려 집 구석구석을 바라봤다.

여기 몇 평이야?

25평.

아영은 미닫이가 달린 거실을 나가 두 칸 있는 방을 둘러봤다. 그 발걸음에 벨벳처럼 부드러워 보이는 꽃무늬 치마가 하느작거렸다. 지은 지 오래돼서 구조가 안 좋아. 화장실도 하나야. 상미가 아영을 뒤따르며 말했다. 처음 이사 올 때 방 하나는 야심 차게 옷방으로 활용하려 했는데, 프라이팬에 신발, 심지어 화분에 돌덩어리까지 들어가 있어 창고나 다름없었다. 이게, 언제, 여기에. 그동안 보이지 않던 것들이 이 순간 적나라하게 상미의 눈에 들어왔다. 자신의 살림이 분명했지만 이렇게 아무렇게나 넣어둔 기억이 없었다. 우선 여기에. 일단 보이는 곳에. 필요할 때까지. 하나둘 기억이 떠오르기 시작했고 나름대로 구실은 있었네, 하고 생각했다. 아무리 친구 집이라고 해도 전화라도 하고 오지. 그게 예의지. 상미는 속으로 중얼거리며 깨끗하게 정리할 수 있는 시간이 없었다는 것에 약간의 짜증이 났다. 허둥대며 옷장을 열고 몇 번을 버리려다 언젠가 입겠지 싶어 넣어둔, 커다란 체크무늬 바지를 아영에게 건넸다. 편하게 갈아입어.

모처럼 친구 왔는데 같이 자. 난 텔레비전 보다 저 방에서 잘게.

화장실에서 나온 중구가 옷방을 가리켰다.

야. 뭐야. 술이라도 한잔해야지. 너 내일 휴일 아니야?

아영의 말에 중구가 눈을 동그랗게 뜨며 웃는 것으로 오케이 사인을 했다.

이 사람 내일도 출근이야.

상미의 말에 중구가 괜찮다는 표정을 지어 보이며 냉장고를 열어 확인하고는 술을 사러 나갔다. 바지를 갈아입은 아영이 의자를 끌어당겨 식탁에 앉으며 말했다.

상미야. 너, 참 잘했어. 인희가 얼마나 고맙겠니. 어려울 때 그렇게라도 융통해주면 도움이 되잖아.

상미는 민망한 말이라도 들은 양 얼굴을 붉혔으나 마음은 뿌듯했다.

친군데, 할 수 있으면 도와줘야지.

식탁에 눌러앉아 막걸리를 마셨다. 상미는 시들해진 부추를 꺼내 부추전을 만들었다. 양파도 잘게 썰어 넣었다. 그동안 아스파탐 없는 막걸리 얘기가 나왔고 무슨 마을을 검색하기도 하며 서로의 잔에 막걸리를 채우고 비웠다. 중구가 아영에게 본다이비치에 가본 적이 있느냐고 물었고 아영은 높은 파도로 서핑하기에 꽤 좋은 곳이라고 대답했다. 언젠가 호주에 놀러 온다면 페리 선착장인 서큘러 키에 데려가주겠다는 말도 덧붙였다. 시드니만이 펼쳐진 그곳에서는 호주의 랜드마크인 오페라하우스와 아름다운 하버브리지를 한눈에 전망할 수 있다고 했다. 대화하는 내내 상미는 체크무늬 바지를 입고 있는 아영이 고단하고 더 말라 보인다고 느꼈다.

너, 살 좀 쪄야겠다.

지금이 좋아. 살찌면 무거워.

바지의 허리춤에 있는 고무줄을 끌어 올리며 아영이 대꾸하고는 무표정한 얼굴로 막걸리를 비웠다. 중구는 비워진 술잔에 막걸리를 가득 채웠다.

얘 옛날에도 말랐었어.

중구가 아는 척을 했다.

그랬니? 너, 중학교 땐 통통했잖아?

상미가 의아한 듯 아영을 바라보며 물었다.

그랬나? 중학교 땐 키가 좀 컸지.

너, 옛날 사진 보면 볼살이 많아. 앨범 있는데 보여줄까?

일어서려는 상미를 아영이 붙들어 앉혔다.

아니야. 됐어.

거리 예술가들의 버스킹을 흔하게 볼 수 있는 선착장 거리를 얘기하다 문득 아영이 초등학교를 떠올린 듯 말했다.

난 어릴 때 생각하면 중구 엄마가 생각나. 언젠가 학교에 오셨어. 그치? 정말 미인이셨는데. 이미지가 마치 뮤지션 같았어. 아이들 사이에서 영화배우라는 소문이 돌만큼 유명했는데. 너 기억나? 지금 애들 말로 하면 여신이었지.

중구는 자신의 엄마가 친구들에게 영화배우 소리를 들었고 배우 아들로 잠깐 소문이 났다고 말하며 추억이라도 되는 양 입을 쫙 벌리고 활짝 웃었다.

어머니가 여신이었다고?

엄마 그 후에는 눈치가 보여서 학교에 못 왔어. 애들이 실망할까 봐. 예쁜 줄 알았는데 다시 보니 아니구나. 애들이 틀림없이 그럴 거라고 걱정하면서.

중구가 키득거리며 말했다. 그러셨구나. 귀여우시다. 아영의 말이 끝나기도 전에 상미가 말을 이었다.

하여간 어머님은 걱정이 많아. 한 소심하시거든.

막걸리를 마시고는 입가를 문지르던 상미가 뭔가 떠오른 얼굴로 입을 열었다.

그렇게 소심하면서도 어머니는 사람 진심을 몰라. 저번 명절에 무슨 일이 있었는지 알아?

상미가 어렵사리 무슨 이야기인가를 시작하려고 하는데 아영이 다른 얘기를 꺼냈다.

얘 인기 많았어. 어릴 땐 중구가 정말 잘생겼었거든. 쌍꺼풀은 없는데 큰 눈이 매력이었지. 지금은 좀 상했지만.

하려던 얘기를 상미는 이어서 하고 싶었지만, 잘생겼다는 말에 고개를 젓다가 상했다는 말에 수긍하는 듯 목을 긁적이는 중구를 보면서 입을 다물었다.

너, 참 남자 친구는?

문득 생각났다는 투로 아영에게 물었다.

같이 나오려고 했는데 일이 바빠서.

그 남자는 싱글이야?

계획적인 건 아니었는데 아영이 언젠가 유부남이라도 만났던 것처럼 물었다. 그러고는 대뜸 일어나 주방으로 갔다. 말소리만 날 뿐, 아영의 대답은 상미가 냉동고에서 얼음을 꺼내는 소리 때문에 잘 들리지 않았다. 얼음을 컵에 담아 왔다. 친구들을 통해 아영이 요즘 만나는 남자가 재력가라는 소문을 들었지만, 그 부분은 아는 체하지 않았다.

결혼해야지?

결혼? 한 번 해봤으면 됐지. 뭘 또 해.

그래도 그게 아니지.

상미는 아영에게 묻고 싶었다. 이혼하고 얼마나 힘들었는지를, 그전에 이혼은 도대체 왜 한 거냐고, 참을 만큼 참아보지 그랬냐고. 그런 대화여야 친구 사이가 온전해지는 기분이었고 아영의 솔직한 대답에 자신의 마음도 진솔할 수 있을 거라는 생각이 들었다. 말을 고르고 있는 사이 아영이 막걸릿잔을 들어 중구와 건배했다.

옛날얘기 하니까 재밌다. 중구야 너, 나 때문에 선생님한테 혼났던 거 기억나? 나 대신 말이야.

그런 일이 있었나? 아, 어렴풋이 기억나는 것 같다.

중구 참 용감했어. 내가 잘못한 걸 자기가 그랬다고 말했거든. 그때 얼마나 고마웠는지.

둘만의 은밀한 비밀이라도 되는 양 아영이 아련한 표정으로 중구를 바라봤다. 상미는 막걸리를 꿀꺽꿀꺽 마셨다. 열린 창밖으로 앞 동 아파트의 불빛이 카드 섹션처럼 나타났다, 사라지고 다시 나타났다. 그 너머 펼쳐져 있는 잡초 무성한 맹지는 깜깜했다. 상미가 고개를 돌렸다.

아영아. 나, 있지. 네가 중구, 중구, 남편 이름을 대놓고 자꾸 부르니까 기분이 별로 좋지 않아.

시선을 막걸릿잔에 둔 채 상미가 말했다.

어머 내가 그랬구나. 미안해. 오래간만에 보니 반가워서 그랬어. 사과할게.

얼굴은 물론 귀까지 붉어진 아영이 말했다.

중구야. 우리 이혼할까? 유행은 지났지만, 졸혼은 어때? 젊은 부부도 졸혼할 수 있잖아.

막걸리를 연거푸 두잔 비우고 상미가 중구의 어깨에 머리를 기대며 물었다.

뭐라고? 당신 취했어?

중구가 당황스러운 얼굴로 어깨를 움직여 상미의 얼굴을 떼어냈다.

이혼하고 동거는 어때?

상미야 왜 그래? 그러지 마. 내가 미안하잖아.

아영이 중구와 상미를 번갈아 바라보면 물었다.

너희 무슨 문제 있어?

난 당신에 대해 아는 게 없잖아. 추억도 없고. 지금까지 살아오면서 당신 나 때문에 용감해본 적 있어? 나 대신 혼나본 적 있냐고. 말해봐.

상미가 중구의 얼굴 가까이 다가갔다. 아영이 바라보자 중구가 난감한 얼굴로 어깨를 으쓱해 보였다.

당신 나 어릴 적 모습 알아? 모르지? 나도 모르는 게 너무 많네.

상미가 자세를 고쳐 앉으며 아영을 바라봤다. 손등으로 턱을 괴고 있다가 테이블에 머리를 기대며 나지막이 중얼거렸다.

나는 이 사람 좆밖에 몰라. 그리고 이 남자 앉아서 소변본다. 아영아 너 그건 모르지?

술이 덜 깬 상미가 일어나보니 중구는 출근한 모양인지 보이지 않았다. 주방으로 나가 물을 한 잔 마셨다. 밤새 열려 있던 창문 앞에 얼룩덜룩한 행주가 바람에 너울거리고 있었다. 어느 날 아영이 상미가 사는 이 층에 찾아왔다. 중학교 이학년이 되면서 아영이와 반이 달라져 함께 등교하는 날이 드물었다. 한집에 살면서도 얼굴을 보지 못하는 날이 점점 많아졌는데 그날 상미는 주방 겸 마당으로 쓰고 있는 수돗가에 앉아 속옷을 빨고 있었다. 아영이 문을 벌컥 열고는 한동안 상미를 바라보았다. 비누통에는 쓰던 비누 조각을 모아 넣어둔 살색 스타킹이 수세미처럼 들어 있고 수도꼭지에는 초록색 고무파이프가 물을 뿜는 코끼리 코처럼 들려 있었다. 그리고 보니 아영이 상미의 집에 올라온 건 처음이었다. 아영아, 웬일이야? 무슨 일 있어? 어, 이거. 필독도서. 한 권 빌려달라고 했잖아. 난 알 수 없는 내 영혼을 위해서 닭고기 수프를 읽고 있어. 그리고 이거. 아영이 책과 같이 건넨 건 치킨 쿠폰과 피자 쿠폰이었다. 아영은 이쁜 표정으로 해맑게 웃고 있었다. 상미는 받아들긴 했지만 고맙다는 말을 할 수 없었다. 아영이 집으로 돌아간 후, 상미는 쪽문으로 들어온 햇살에 더 도드라져 보이는 행주의 얼룩을 바라보고 있다가 싱크대 위에 놓인 『작은 날개 달린 새』라는 책 제목을 읽었다.

원두커피 없어?

세수를 말끔하게 하고 식탁에 앉은 아영에게 믹스커피를 들어 보였다.

이거밖에 없는데.

그럼, 그냥 물 줘.

간밤에 아영이는 상미와 달리 깨지 않고 잔 모양이었다.

속 괜찮아? 어젯밤에 너 많이 취했었어.

너무 많이 마셨나 봐. 기억이 하나도 안 나. 속은 괜찮은데.

상미는 어렴풋이 떠오르는 장면을 머릿속에서 밀어내며 컵에 보리차를 따랐다. 가방을 가져와 주섬주섬 뭔가를 찾던 아영이 식탁 위에 비로드 주머니를 꺼냈다. 리본 매듭을 풀어 안에 든 비닐을 꺼내고 그 안에 있는 주머니를 조심스럽게 들었다. 무슨 의식을 행하는 것처럼 돌돌 말려 있는 것을 천천히 풀었다. 그러고는 무언가를 꺼내 비로드 주머니 위에 올려놓았다.

흑진주야.

흑진주?

아는 사람이 호주에서 취급하는 건데 내가 좀 갖고 왔어.

상미는 손바닥을 쓸어 식탁보의 주름을 펴며 신기한 물건을 보듯 바라봤다.

애들 다 몇 개씩 샀거든. 너한테만 안 보여준 것 같아서 마음에 걸리더라. 요즘 흑진주 사기 어려워.

자신의 집에 온 이유가 미안함이었을까. 궁금해하며 상미는 가만히 흑진주를 바라보았다.

흑진주는 알 크기하고 색깔이 중요해. 나비 조개에서 채취한 진주야. 검은 조개여야 이렇게 일곱 가지의 아름다운 무지갯빛이 날 수 있어. 이 색깔 좀 봐봐. 예쁘지.

예쁘네.

근데 참 신기하지. 천연 산물로 이런 게 만들어진다는 게 말이야.

분비물이지 뭐.

그렇게 표현하니까 이상하다야. 아무튼, 흑진주는 보통 진주보다 가격이 높아. 나도 사실 물건이 많지 않아서 친한 사람한테만 보여주는 거야.

진주로 재테크도 할 수 있나?

상미의 말에 아영이 조금 웃었다.

너답다. 물론 재산이 될 수는 있지만 무슨 진주 몇 개로 재테크를 하니? 하지만 이건 인공적으로 착색한 게 아니라서 수량이 적으니까 희소성이 있어. 가치가 있을 거야.

상미가 한참 동안 진주알을 만지작거렸다.

이거 하나 줘.

할머니 건강은 어떠셔? 여전하시지?

전용 수건으로 진주를 정성스레 닦으며 아영이 물었다.

건강하신 편이야. 노인네 엄청 바빠.

진주의 의미는 부와 건강을 뜻해. 하나 사드려.

이게 어울리겠니?

아영이 갑자기 소리 내어 웃었다. 어울리겠냐고 물은 건 상미였지만, 웃는 아영에게 서운한 마음이 들었다. 뼈대만 남은 유모차를 끌고 다니는 할머니의 마디 굵은 손가락이 떠올랐다.

진주는 조개의 암 덩어리야. 조개는 살기 위해 조개 패로 암 덩어리를 감싸는데 그게 진주가 되는 거래. 건강한 조개에서 부가 생기는 거라고 할 수 있어. 그러니까 부와 건강을 상징하는 거지.

이건 얼마야?

상미는 알이 제법 큰 진주를 들었다.

좀 비싼데.

이거까지 두 개 줘.

이만한 가격에 살 수 없는 물건이야. 진짜 잘 사는 거야.

아영은 전용 수건을 뒤집어 흑진주를 감싸더니 부드럽게 닦았다. 이런 물건 사게 해줘서 고맙다는 말이라도 하려다 상미는 조용히 있었다.

근데 너, 어제 술 취해서 옛날 무슨 쿠폰 얘기하던데. 우리 싸웠었어? 너, 그때 너무 슬펐다고 하더라. 나 때문이야?

네가 준 쿠폰 있지. 치킨 한 마리를 주는 게 아니라 웨지감자를 서비스로 주는 쿠폰이었어. 다른 건 피자 반값에 주는 쿠폰이었고. 이렇게 말하려다 상미는 책 이야기를 꺼냈다. 네가 치킨 쿠폰이랑 같이 준 책 있잖아.『작은 날개 달린 새』. 네가 내게 빌려준 필독 도서, 그 책 이야기를 하려고 했나 보다.

재밌게 읽었거든.

그랬구나. 기어나지는 않지만 재밌게 읽었다니 좋다.

아영이 예의 그 이쁜 표정으로 해맑게 웃었다 어떤 이야기를 빠뜨린 게 아닐까. 너무 감동적인 책이라 너에게 빌려준 거야. 그 새는 작은 날개로도 힘차게 창공을 날았어. 뭉클했어. 상미는 이런 말들을 기다렸던 것 같다. 그 새는 날았을까. 작은 날개라서 더 빨리 더 세차게 움직여야 했던 그 새는 날아올랐을까. 상미도 웃어 보이다가 이제 그 이야기는 그만하자는 식으로 손목을 손등 쪽으로 꺾으며 날파리를 쫓듯이 흔들었다.

아영아. 우리 여신 시어머니도 드리게 이 진주 하나 더 포장해줘. 보증서도 들어 있지?

상미는 진주 하나를 손바닥에 올렸다. 못난 것. 쓸모없는 것. 그 당시 상미는 자신이 가진 못난 것들만 생각했다. 작은 날개가 달린 새는 날 수가 없었다. 커다란 몸에 달린 작은 날개는 불필요한 것으로 보일 뿐이었는데도 그 새는 날갯죽지에서 피가 나도록 나는 연습을 했다. 어미 새를 원망하거나 큰 날개 달린 새를 향해 분노하지 않았다. 책장을 덮어버린 까닭에 그 새가 날게 되었는지 상미는 알 수 없었다. 날지 못하는 이유가 작은 날개 때문인지 커다란 몸 때문인지를 생각하다가 하필 그런 내용의 책을 빌려준 아영에게 서운함을 느꼈고 마음이 뾰족해진 채 상미는 영혼을 위해 따뜻한 글을 읽고 있는 아영을 부러워했다.

  흑진주가 담긴 자주색의 비로드 주머니 세 개가 화장대 위에 생뚱맞게 놓여 있었다. 아영이 가고 난 후 상미의 기분은 곤죽이 되었다. 통장에 있는 돈과 적금을 깨서 인희 빌려주고 남은 돈과 약간의 카드 현금 서비스를 해서 아영에게 진주 값으로 줘야 했다. 사고 싶지 않다고, 필요 없다고 말할걸. 실컷 망설이고 고민해볼걸. 상미는 자신의 머리를 쥐어박았다. 충동구매와 마찬가지라는 생각이 들자 아영이 멍청 비용이란 단어를 발음할 때의 표정이 생각났다. 상미의 생각엔 누군가의 앞에서 고민하는 모습을 보여줄 수 있는 것도 삶의 여유였다. 바람에 이삿짐 먼지가 일어나던 그날의 아영의 모습이 떠올랐다. 뭐 해? 벌컥 문을 열고 눈을 동그랗게 뜨던 아영의 표정. 아주 오래전에 있었던 지난 일 정도 재미있게 말하며 웃어넘길걸. 사소한 일일 뿐인데. 이런저런 기억을 떠올리던 상미에게 중구의 귀가를 알리는 벨 소리가 들렸다.
  아영이는?
  갔어.

고생이 심했나 봐. 얼굴이 안돼 보이던데.

중구의 말에 상미는 대꾸하지 않고 식사를 서둘렀다. 문구점 그만해야겠어. 언젠가 말하고 중구는 공인중개사 사무소에 다녔다. 자격증을 소지한 선배가 차린 그곳의 간판은 투자 컨설팅이었다. 전문지식은 별로 없었지만 남을 위하는 마음은 각별했으므로 중구는 이따금 집 매매를 성사시켰다. 상미는 오징어와 조갯살을 넣고 순두부찌개를 팔팔 끓였다.

밤 11시가 넘은 시각 아영에게서 전화가 왔다.

괜찮아? 다친 데는 없어?

상미가 큰 소리로 물었다.

나 어떡해. 아영의 울먹이는 목소리가 수화기 너머에서 들렸다. 진주를 잃어버렸어. 그거 팔아야 하는데. 아영이 소리 내어 울기 시작했다.

지금 너 어디야? 택시 타고 우리 집으로 얼른 와. 올 수 있겠어? 아님, 내가 갈까?

상미가 수화기에 대고 소리를 질렀다.

누가 가방을 훔쳐 갔나 봐. 경찰서에 사건 접수는 한 모양이야.

곁에 다가와 걱정스러운 눈길로 바라보는 중구에게 말했다. 주섬주섬 옷을 입으며 상미는 묘한 죄책감을 느꼈다. 자존심 상하기 싫어 선심 쓰듯 진주를 펼쳐 보이던 고단한 아영이의 모습이 아른거렸다. 중구와 택시비를 챙겨 들고 아파트 주차장으로 내려갔다. 사거리에서 우회전한 택시 한 대가 아파트로 들어오고 있었다. 문이 열리고 매가리 하나 없이 하얘진 아영이 택시에서 내리려다 휘청거렸다.

괜찮아? 어디 다친 데는 없어?

상미가 기사에게 택시비를 건네는 사이, 중구가 먼저 아영에게 다가갔다. 그러고는 두 손을 뻗어 아영이의 어깨를 감싸 잡았다.

좀 힘들어.

아영이 고개를 끄덕이며 기운 없이 대답했다. 중구는 아영의 등을 몇 차례 토닥거리더니 환자를 부축할 때처럼 아영의 한쪽 겨드랑이에 손을 끼고 마치 길 안내를 하듯 집으로 데려가고 있었다. 얼마나 놀랐을까 염려하는 중구의 행동은 감동적이긴 했으나 상미는 저녁에 먹은 순두부가 몽글몽글 올라오는 듯 갑갑한 느낌이었다. 어려움에 처한 친구잖아. 상미가 중얼거리며 택시 기사에게서 받은 거스름돈을 손에 들고 아영과 중구의 뒷모습을 바라봤다. 남편의 머리가 저렇게 컸던가. 중구의 뒤통수를 물끄러미 쳐다보았다. 그때 옆으로 차 한 대가 빠르게 지나갔다. 벤. 차의 뒤꽁무니를 바라보며 떠올리려 했으나 기억할 수 없었다. 벤, 뭐였지. 그 옷 브랜드는 또 뭐였지. 로베까발리. 아니 좀 더 길었고 입에 착 감겼었는데. 로또싸발리니. 아닌데. 벤타리. 로베또꼴리니. 이상한데. 상미가 중얼거렸다.

여보 뭐 해? 중구가 뒤를 돌아보며 물었다. 상미는 아영과 중구에게 달려갔다. 인생은 묘한 거야. 한 치 앞의 일도 알 수 없으니 말이야. 그런 생각을 하면서.

천 개의 마리오네트

진공관 앰프를 켜고 스피커 단자를 연결한 후 음량을 높였다. 유리 용기 네 개로 이루어진 수신관에 노란 불빛이 떠오르자 품속에 진공관을 지닌 기기에서 노래가 흘러나왔다. 소리의 파형이 가슴을 두드리며 서서히 공간을 채워가다, 어느 순간 바다 끝에 다다른 파도처럼 부서졌다. 눈을 감으면 이윽고 내 앞에 눈부신 해변이 나타났다. 나는 유화 같은 질감의 해변으로 걸어 들어가 손가락으로 하얀 모래 위에 포말을 그려 넣으며 그에게 까르보나라 스파게티를 먹으러 가자고 했다. 소리가 차오른 그곳에서 그와 아주 느리게 사랑을 나누며 그런 상상을 하고는 했다.

작년 어느 날, 나는 데님 재킷을 그는 라이더 재킷을 입고 있었다. 동네 노는 오빠라고 소개한 그가 사신에게는 두카티 스트리트파이터라는 애인이 있다고 말하며 내게 소개해주고 싶은데 시간이 어떠냐고 물었다. 그 이유는 나와 닮았기 때문이라고 했다. 고등학교 3학년 겨울방학이었고 우리가 처음 만난 날이었다. 전면의 헤드라이트 유닛을 보면 알게 될 거라고 하면서 동네 노는 오빠가 편의점 창밖을 가리켰다. 나는 일하는 시간이라 나갈 수 없다고 대꾸하고는 그가 내민 초코바의 바코드를 찍었다. 전에는 말발굽 배기음이 들리는 할리데이비슨이었다고 하면서 최적화된 코너링과 제동 성능은 꽤 괜찮았는데 차체를 제어하는 기능이 정교할 만치 뛰어나 자유롭지 못한 기분이 들기도 했다고 덧붙였다. 다음 손님이 내려놓은 네 개에 만원으로 할인 행사를 하는 녹차 아이스바의 바코드를 찍는 중이었다. 지금 애인은 편안한 풋 포지션과 잡기 편안한 수동 손잡이 그리고 낮은 시트가 맘에 든다는 말도 했다.

동네 오빠는 좌우로 고개를 꺾어 목을 푸는 습관이 있는 모양이었다. 나는 왠지 그 모습이 멋있어 보였다. 그 후로 고개가 꺾일 때마다 흔들리는 머릿결을 보았고 관절 어느 부위에선가 나는 불량스러운 소리도 듣게 되었다. 나를 기다릴 때, 시간이 더디 갈 때, 때로는 나와 헤어져 돌아설 때였다. 언젠가 편의점 아르바이트가 끝나는 시간에 찾아와서는 할아버지가 노력을 많이 해서 아버지는 재벌 아들이 되었지만, 자신은 양아치 아들이 되어 있더라는 이야기도 들려줬다. 사람들을 자신의 수족처럼 사용하려는 사람이 양아치가 아니고 뭐겠냐며 내게 물었는데 나는 수족이라는 단어에 고래가 헤엄치는 수족관을 떠올렸고 그곳에 가고 싶다고 했다. 동네 오빠의 허리에 매달려, 오토바이를 타고 달릴 때면 술의 힘을 빌리지 않고도 행복에 취해 흥청망청 사치하듯 소리를 지르게 된다고 말하던 그처럼 나도 사치스럽게 소리를 질렀다.

질러도 되지? 맘대로 소리 질러도 되는 거지?

그에게 몇 번이나 소리쳐 묻고는 고래고래 소리를 질렀다. 내 안에 은밀하게 숨어 있던 도플갱어가 밖으로 튀어나오는 기분이었다.

사방 가득 둘러싼 수족관에 넋을 놓고 숨마저 죽인 채 아름다운 물고기들과 상어에 눈길이 팔려 흥분하고 있을 때 그의 팔이 목도리처럼 내 목을 감았다. 그렇게 시작한 우리의 관계는 내가 취직할 무렵까지 이어졌다.

의류 회사 영업부였다. 두 달 전에 들어온 부서에서 내가 맡은 업무는 주로 원단 재고 파악과 부자재 수량 확인 그리고 백화점 매장관리였다. 원단 발주에 앞서 그동안의 재고를 분류하여 잘 나가는 원단과 필요한 원단 그리고 불량이나 결함으로 남아 있는 원단을 표시하고 수분과 반품 품목을 정리하는 일이 대부분이었다. 전문지식이 없어도 할 수 있는 일이었다. 그와 비슷한 업무로 영업부 직원들과 로드 매장에서 주문한 옷 입고를 돕기도 했다.

원단 상사와의 미팅이 있는데 사정이 생겨서 오늘 결근해야 할 것 같다고 연락했을 때 사무장은 일을 피곤하게 한다는 투로 알겠다고 대답했다. 원단 발주를 위해 이 주 전에 잡은 약속이었다. 나는 무례하지 않도록 죄송하다는 의사를 전했다. 이내 무슨 일이 있느냐고 물어오길래 나는 오늘 꼭 해야 할 일이 있다고 얼버무렸다. 잠시 말이 없던 사무장은 전무님에게 전하겠다는 말을 하고 끊었다. 요즘 가뜩이나 못마땅한 눈초리로 바라보는 전무의 표정이 생각났다.

지난주 새벽 포장마차에서 우연히 전무의 아내를 봤다. 딱 봐도 나이 차이가 크게 나는 젊은 남자 둘과 함께 있었는데 그 중 한 남자와는 팔짱을 끼듯이 가까이 앉아 대화를 나누고 있었다. 그녀는 회식이 있는 날이면 늘 전무를 데리러 왔다. 술에 취한 남편을 무사히 집까지 모셔가야 한다는 명분으로 합석해서는 디자인실의 직원은 물론 영업부 남자 직원들과도 스스럼없이 이야기를 나누고는 했다.

그녀가 나를 보더니 젊은 남자와 거리를 두었다. 적잖이 놀라는 눈치였으나 곧 침착하게 무언가를 도모하는 표정이었다. 자신이 이곳에 와 있는 이유를 남편의 부하직원에게 굳이 말할 필요는 없을 터였다. 입을 잘못 놀렸다가는 어떻게 할지 보여주겠다는 듯 당당한 태도로 나를 쳐다보는 전무 아내에게서 시선을 돌렸다. 그 이후 나를 대하는 전무의 태도가 달라졌다. 대화 도중 눈살을 찌푸리고 말허리를 자르며 불쾌한 얼굴로 손사래를 치기도 했다. 아내에게서 무슨 말을 어떻게 들었는지는 알 수 없지만, 되레 나를 이상한 사람으로 만들어야 하는 이유가 그녀에게는 충분했을 것이다. 숨겨야 하는 것이 있었을까. 알 수 없는 상황에 내가 놓여 있고 그 일로 나를 알고 있는 누군가가 몹시도 나쁜 기분이 되어 나를 떠올리는 일. 그런 일은 생각보다 자주 일어나는 듯했다.

그날이었다. 나는 포장마차에서 몇 달 만에 오빠를 만났다. 할 말을 머릿속으로 정리하고 있는데 뜬금없이 까르보나라 스파게티는 언제 먹냐고 오빠가 물었다. 너랑 먹고 싶은 게 엄청 많아. 하나씩 먹자. 명란 시금치 리조또는 내일 먹을까? 입술에 불이 난다는 짬뽕도 먹어야 하는데. 오빠는 불량스럽게 고개를 꺾으며 내 대답을 기다렸다. 이제 지겨워졌어. 나는 말했고 오빠는 내게 눈길을 둔 채 빈 술잔을 빙글빙글 돌렸다. 나는 곧 나의 말을 후회하며 그가 입고 있는 푸른 운동복이 노란 불빛 아래 초록색이 되곤 하던 시간을 떠올렸다.

내가 사는 아파트에서 오빠의 집까지 버스로 일곱 구역이었다. 아파트의 로고가 새겨진 네 개의 석주가 있는 입구를 빠져나와 지난달 완공한 분수대를 뒤로하고 오른쪽으로 돌아 사과나무와 모과나무가 우정 어린 모습으로 서 있는 놀이터를 지나쳤다. 대로변으로 나갔다. 정류장에 정차한 버스마다 많은 사람을 부려놓았다. 환승을 위해 그 자리에서 기다리는 사람도 있었지만 대부분은 서둘러 흩어졌다.

어제 오후 오빠에게서 연락이 왔다. 두 달 만이었다. 두카티 애인은 폐차되고 자신은 지금 병원에 입원 중인데 언제 죽을지 모르는 처지에 놓였고 그래서 내가 보고 싶은데 오지 않겠느냐는 문자였다. 동네 노는 오빠다웠다.

지금 볼까? 지금 보자. 이런 식이었다. 그와 사랑을 나누는 시간은 언제든 주어졌으나 그 예사로움이 마음에 들지 않았다. 그 때문에 언제든 내게 주어지지 않도록 하려 했지만, 나의 데님 재킷 위에 그의 라이더 재킷이 포개져 하나의 부피가 되고는 했다. 멀어지고 가까워지는 노래의 울림이 거리를 두며 피부에 와닿고 높낮이와 상관없이 사람의 목소리와 건반과 현마다 다른 소리가 구분되어서 들리는 시간의 길이였고 오롯이 유리 용기 수신관의 노란 불빛에 서로의 모습을 찾는 시각이었다. 비로소 가면을 벗는 시간이었다. 그것은 코스튬 조커나 드라큘라이기도 했고 스투피드 종이 가면이거나 공포 블러드 마스크이기도 했는데 낯선 것이었다. 언젠가 보았던 슬픈 세계를 그린 영화에 나오는 가면과도 같았고 짧게 요약할 수 없는, 추리소설의 혐의자 복면 같기도 했다. 그 형상을 내려놓는 일은 그 당시 쓰고 있던 겉모습을 벗는 것과 다르지 않았다. 당연하게도 나의 가면은 벗어놓은 후에서야 바라볼 수 있었다.

그와 사랑을 나누고 난 후 나는 침대 머리 판에 등을 대고 앉아 담배를 피웠다. 씁쓸한 연기를 가슴 가득 품었다 뱉었다. 내 안의 것을 밖으로 끄집어내는 기분이었다. 입술과 혀끝에 느껴지는 불안한 기운이 내 호흡에 부드럽게 입속을 빠져나가면 뭔가 심각한 것들이 사라져버릴 듯했다. 담배를 피우지 않는 *그*가 내 입가에 밴 냄새를 맡으려고 장난스레 가까이 다가오면 나는 몸을 일으키며 고개를 돌렸다. 역부족이었다. 그가 뒤에서 팔로 나를 꼼짝 못 하게 안고는 손으로 내 머리통을 끌어당겨 정수리에 코를 묻었다. 그러고는 네 머리에서 언젠가 맡았던 냄새가 나는데 곧 생각이 날 것 같다고 말하면서 눈을 감았다.

나는 동네 노는 오빠의 입에서 무슨 말이 나올지 늘 궁금했다. 한 날은 뜨거운 햇살을 받으며 놀던 어린아이의 머리 냄새가 떠오른다고도 했고 어떤 날은 인중에 송골송골 땀이 맺히도록 분주히 일하던 어머니가 배고프지 않냐고 물을 때 코끝을 스쳐 지나가던 단내가 기억난다고도 했다. 이따금 어느 날은 심각한 얼굴로 정색하며 무슨 여자가 어떻게 이런 아저씨 냄새가 날 수 있느냐고 묻고는 했다. 그 말에 나는 일부러 토라진 표정을 짓고는 했지만, 기억을 불러일으켜 나를 슬프게 만들기 위해 그가 일부러 선택한 단어가 아닌지 의심하기도 했다.

저명한 정신과 의사인 아저씨는 나보다 서른 살이 많았다. 나는 늘 레이스 달린 원피스를 입고 있었고 엉덩이의 치맛자락을 안으로 접어 넣으며 의자에 앉을 때 마지막에 빼는 손처럼 그 앞에 놓여 있곤 했다. 구겨진 치마를 아저씨에게 보이지 않기 위해 한 행동이었는지, 예의 바른 아이로 보이기 위한 것이었는지 어쩌면 둘 다겠지만, 잠시 엉거주춤한 자세를 유지해야 했다. 아저씨를 떠올리는 사이, 그가 내 정수리에 묻었던 코를 떼고 놓아주면 그의 손아귀에서 풀려난 머리에서 맥박이

뛰었다.

환승을 하기 위해 기다리는 사람들을 일별하며 버스정류장을 지나 교차로의 정지 신호에 서서 맞은편 주유소를 바라봤다. 여러 대의 자동차가 들어갔다 나오기를 반복했다. 이 주변의 주유소와 달리 셀프가 아니었는데 내가 작년에 잠시 오전 아르바이트를 하던 곳이었다.

아르바이트 첫날 자동차 주유 주입구에 호스를 넣었는데 거는 방법을 잘 알지 못했다고, 그래서 주유가 끝날 때까지 기름 흐르는 호스를 벌벌 떨며 힘주어 붙들고 있었다고 말한 적이 있다. 그것을 기억했는지 오빠는 주유소에 일부러 찾아와 오토바이에서 내려 셀프주유소처럼 자신이 직접 기름을 넣었다. 어느 날은 투어 갔다가 오는데 밭에 뿌린 거름 냄새에 비염이 도졌다고 했고 어떤 날은 한강이 두 번이나 펼쳐지더라고 하면서 한강을 보며 쓸쓸한 기분이 든 것은 생전 처음이었다는 이야기도 했다. 그러고는 기름 호스를 주유구에 넣고 기다리다가 옆에 멀뚱히 서 있는 내게 말했다.

너, 나 없이는 못 산다고 했어.

오빠는 의기양양한 듯 보였지만 어쩐 일인지 내가 그동안 보지 못한 표정이었다. 주유가 끝나고 카드로 정산한 후 바이크에 올라 다다다다 시동을 걸고 출발하는 오빠의 뒤통수에 대고 말했다.

　네가 가끔 그렇게 솔직할 때가 있어.

　그렇게 중얼거렸다. 원래 나는 솔직하지 못한 인간인가 하는 의문을 가지면서. 그러다 전날 내게 묻던 아저씨의 질문에 내가 무슨 말을 했는지 기억했다.

　솔직하게 말해주렴.

　해가 저문 저녁 시간 식탁 위로 어둠이 물들고 있었다. 29층에 있는 아저씨의 오피스텔에는 석양을 오래오래 바라볼 수 있는 창이 있었다. 나는 창 너머를 응시하고 있었다.

　무슨 말을요?

　문이 하나 있다고 치자. 누군가에게는 들어가는 문이고 다른 누군가에게는 나가는 문이겠지. 그 차이가 무엇일까 생각한다.

　마주 앉은 아저씨가 내게 말하고는 거실 테라스 맞은편에 있는 현관문을 바라보았다.

　너는 저 문이 어떤 문으로 보이니?

　나가는 문이요.

　그럼 너는 안에 있다고 생각하는구나.

　여긴 실내니까요.

공간을 떠나 다시 생각해보렴.

아저씨가 가만히 고개를 저으며 내게 말했다.

들어가는 문이요. 지금 난 내 밖으로 나와 있으니까요.

그렇구나. 너도 네가 마음에 안 드는 모양이야. 그렇지?

아저씨는 고개를 숙이며 무언가를 떠올리는 듯했다.

사실 나도 그렇단다. 그런데 저 문을 열면 빛과 어둠 어느 쪽이지?

나에게 생각해볼 시간을 주려는 듯 아저씨는 잠시 시선을 돌린 채 기다렸다.

그건 잘 모르겠어요.

나는 아저씨를 불편하게 하고 싶지 않았다. 언젠가부터 아저씨는 말기 암 아버지의 병원비와 우리 집의 생계를 책임지고 있었다. 하지만 가끔은 아저씨의 호의를 의심했고 치료받지 못하면 아버지가 죽을 수도 있다는 사실과 동생들이 떠들고 장난치는 평안한 공간을 잃을 수도 있다는 생각을 잠시 잊었다. 그러다 현관에서 아저씨를 배웅하는 시간이 되면 내가 혹시 버르장머리 없이 행동한 것은 아닌지 그래서 혹여라도 언짢은 기분에 아버지의 몸에 꽂혀 있는 수십 개의 링거 가격을 떠올리지는 않을지 염려가 되고는 했다. 그럴 때는 살이 내린 아버지의 유난히 커다래진 눈이 내 눈앞에 돋아났다. 어떤 심정이든 이해해주길 바라지 않는 눈. 내가 당신을 이해하길 원하지 않는 눈. 아버지는 그런 눈을 천장으로 치뜨며 하루를 보내다가 잠시 편안해진 얼굴로 내게 말을 걸었다. 학교는 갔다 왔는가, 밥은 먹었는가, 몸이 아프거나 힘이 들지는 않는가를.

재발한 암이 온몸으로 전이된 아버지는 시간의 흐름을 가늠하지 못했으므로 내가 학교를 졸업한 것도 회사에 취직한 것도 알지 못했다. 가까이 다가가면 아버지의 귀밑으로 흘러내리는 일이 잦아진 눈물로 생긴 길이 보였다. 원래 있던 길이 아닐 터인데 닦아도 지워지지 않았다. 여러 번 닦는 동안에도 아버지는 아무런 말이 없었다, 아버지에게서 읽을 수 있는 건 감정뿐이어서 나는 한없이 두려워졌다.

그런 날은 동네 오빠에게 전화를 걸었다. 지금 보자. 네 개의 유리 용기 수신관이 유골 단자처럼 보였고 노랫소리가 흐느낌으로 들리는 날이 되고는 했다. 열린 창으로 들어온 바람이 몸 사이사이를 파고들어 서늘해질 무렵엔 창을 미처 닫지 못한 것을 후회하기도 했는데 이따금 조커를 닮은 가면이 나를 바라보는 듯했다. 그럴 때면 큰 소리로 물었다. 소리 질러도 되지? 막 질러도 되지? 시작하는 노래와 끝나는 노래 사이 음향이 잦아들면 우리의 몸짓 소리가 너무나 소상하게 들려왔다. 이 소리 들려? 물끄러미 나를 바라보며 묻다가 오빠는 처음 알려주는 것처럼 말했다, 우리 소리야. 그러고는 자신은 지금 진공관을 품은 오디오라며 웃었다. 나는 오빠의 등을 껴안 듯 가슴 쪽으로 한껏 구부렸던 다리를 가만히 내려 그의 종아리에 내 발목을 걸었다. 눈을 꼭 감고 두 팔로 오빠를 힘주어 안으며 내가 목격하던 가면을 지우려 노력했다.

건널목을 건너 주유소를 무심하게 지나쳤다. 오른쪽의 신축 아파트는 벌써 이 구역의 랜드마크가 되어 있었다. 입구 상가에 자리한 커피 전문점과 바게트 집이 눈에 들어왔다. 8층 건물 꼭대기에는 아담하니 작은 영화관이 있었다. 오빠와 간혹 들러 새로 나온 영화를 관람하며 먹던 팝콘의 냄새가 떠올랐다. 햄버거도 있고 오징어도 있고 감자칩이나 나초도 있는데 유독 팝콘만이 생생하게 떠오르고는 했다. 길가 옆으로는 복잡하게 펜스가 둘러쳐져 있고 그 안쪽에는 새로 증축하는 건물들의 뼈대가 곳곳에 서 있었다.

횡단보도 앞에 마련한 그늘막 아래에서 뜨거운 햇살을 피하고 있는데 영업부 직원에게서 전화가 왔다. 평소 무뚝뚝한 남자 직원이었다. 재고 원단의 수량 파악을 언제 했는지 내게 물어왔다. 지난주 월요일에 확인하여 수정했고, 그 기록장은 원단 창고 부자재 책상 위에 올려두었다고 했다. 그게 가장 최근에 확인한 거냐고 내게 다시 묻기에 사흘 전인 월요일에 다시 정리한 거라고 답했다. 직원은 문제가 있는 것 같으니 디자인실에 연락해보라는 말을 하고 끊었다.

지난주 부임한 디자인 실장은 외과 의사 부인이었다. 별다른 경력이나 이력이 없음에도 발탁된 것을 의아하게 생각하던 이들은 디자인 실장이 전무 아내의 친구이고 전무와 친분이 쌓인 의사 남편 또한 채용에 지대한 영향을 끼쳤을 거라는 말을 심심찮게 했다. 그런 말에도 아랑곳하지 않았다. 실장은 미팅 후 원단 상사 사장과 낮에 외곽으로 드라이브를 갔다 올 정도로 대담했다.

전화를 걸었더니 다짜고짜 일을 어떻게 한 거냐고 신경질적인 투로 실장이 물었다. 무슨 일인지 모른 채 나는 다음 말을 기다렸다. 원단 재고 수량이 실제와 다르다는 말이었다. 백화점에서 할인판매 기간에 나갈 옷을 기획했는데 원단을 확인해보니 수량이 부족하다는 내용이었다. 다른 것으로 대체해야 하는데 주문은 받아놓고 원단을 바꿀 수도 없고 비슷한 것을 찾기에는 시간이 부족해 난감하게 됐다고 말하며 이런 식으로 일을 하면 어떡하냐고 재차 나무랐다.

말없이 있는 것이 도리어 예의에 어긋나는 일 같았다. 두꺼운 원단의 롤을 일일이 풀어 자로 잴 수는 없으므로 적힌 수량에서 소모된 양을 제하고 다시 기재한 것이라고 설명했다. 말하다 보니 숨이 차고 마음이 조급해졌다. 누군가 용도를 말하지 않고 몰래 사용한 게 아니라면 틀림이 없을 거라고 하면서 혹시 원단 발주 시 상사에서 가져올 때부터 수량이 달랐던 거 아니냐며 되물었다.

전화는 이미 끊겨 있는 상태였다. 나는 다시 전화를 걸어야 하는지 고민하다 관두었다. 전화가 저절로 끊긴 것인지 모르겠지만 일부러 끊었다고 해도 이상할 게 없었다. 영업부는 디자인실과 종종 마찰이 있었는데 서로의 입장만 얘기함으로써 생긴 오해가 대부분이었다. 어찌 되었든 원단의 남은 수량과 내가 기재한 수량이 다르다는 것은 변하지 않는 사실이었다. 나는 변명의 여지가 없었다.

건널목 신호를 두 번이나 놓쳤다. 지하철역 근처 번화가에 줄지은 식당들이 보였다. 저 많은 가게들이 모두 장사가 되는지 의심스러웠다. 가는 길에 식당만 해도 여덟 군데나 됐다. 약국 앞을 지나쳤다. 유리창에 돋움체로 쓴 형광의 글씨가 보였다. 요거 먹고도 피곤하면 병원 가보세요. 창 너머로 피로회복제와 이런저런 영양제를 담아 리본으로 선물 포장해놓은 게 보였다. 아버지가 병원에 입원했을 당시 매일 찾아온 아저씨에게 나는 건강 음료를 건넸다. 고맙다며 두 손으로 드링크제

천 개의 마리오네트

를 받아든 아저씨는 평소 방문할 때와 다름없이 입가에 미소를 머금었다. 장례식장 분위기의 검은 양복과 어딘가 어두운 인상이 편안하시 않았으니 아버지에게 아저씨와 같은 친구가 있어서 안심되었고 감사한 마음이었다.

가장 건강한 마음은 쉽게 상처받는 마음이다. 가면을 벗은 아저씨는 늘 짧은 메모를 남기고 갔다. 나와는 상관없다고 생각하면서도 글을 읽고 나면 내가 그래도 잘 견뎌냈다는 마음이 들곤 했다. 하지만 아저씨가 돌아간 후 나는 스스로 무언가를 자책했고 혼자 앉아 반성하는 태도로 글을 읽었다. 나는 나를 똑바로 바라보지 않을 것이다. 오랫동안 눈을 감고 내버려두고 싶다. 아저씨가 지난번에 남긴 글이었다.

공연하듯 마주 앉아 이야기를 시작한다. 관객은 없고 배우의 말과 호흡이 무대를 차지했다. 그러는 동안 아저씨의 눈은 내 눈길과 손길을 빠짐없이 쫓았고 어떤 대목에서, 이를테면 아버지나 동생들 얘기에 조금 울적해져 있거나 친구들 관계에서의 외로움을 내비치며 심각해 있으면 가까이 다가와 커다란 두 손으로 나의 뺨을 감싸 쥐었다. 내 목덜미와 귀밑머리 그리고 쇄골을 찬찬히 바라보다 어느 순간 내 앞에 무릎을 꿇고 앉았다. 나와 잠시 눈높이를 맞추었고 언젠가 사라진 엄마를 혐오하며 자란 내 자궁 위에 머리를 기댔다. 아저씨의 루틴이었다.

그럴 때 아저씨가 쓰는 가면은 몸서리쳐지게 무서운 형상이기도 했고 슬픈 표정이어서 더 참담한 모습일 때도 있었다. 초점 없는 눈동자가 내 몸 위로 흘러내릴 듯 위태롭게 걸려 있는 가면을 마주하며 나는 훼손되지 않기 위해 모든 것을 열었다. 내가 쓴 가면이 어떤 표정인지 알지 못했다. 나는 다만 무엇을 고마워해야 하는지 알고 있었고 그것만을 곱씹었다.

내 앞에서 절대 울지 마라. 몹시 비참한 기분이 들 거 같아. 아저씨는 처음 그렇게 말했다. 비겁한 사람들은 자신을 포장하고 합리화하지. 나는 그럴 생각은 없다. 그러니 포장하지는 않아. 가끔 머리가 돌아 살짝 미쳐 있는 건 아닐까 염려하기도 한다. 그렇다고 비겁하지 않다고 말하는 건 아니란다.

아저씨의 말을 들으며 지금 가장 비겁한 사람은 아버지가 아닐까 하는 생각이 스쳐 갔다. 족히 열두 개의 링거 줄을 꽂은 채 누워 있는 아버지는 조정하는 이가 자리를 떠나 바닥에 가라앉아 있는 줄 인형 같았다. 요즘은 그런 마리오네트가 아닌 부연 막에 비치는 그림자 인형으로도 보였다. 진통제에도 불구하고 간헐적으로 찾아오는 통증에 얼굴이 비틀릴 뿐, 기운을 잃고 생기 없는 몸의 움직임이라고는 둔하게 나에게로 옮기는 손이었다. 아저씨의 손처럼 힘 있고 따스하길 바랐으나 그렇지 않았다.

어떤 날은 아저씨가 내 머리를 쓰다듬다 우울한 얼굴로 나를 바라보았다.

내가 한 번도 반성해보지 않은 건 아니다. 양심의 가책은 그처럼 내밀한 것이어서 단호해지기 어렵다. 그래서 가장 위험하기도 한 것이지.

저 때문에 감수하는 것이 양심의 거리낌이라면 그러실 필요는 없어요. 제가 피하지 않은걸요. 혹시 저를 동정하나요?

내가 묻자 아저씨는 뭔가 염려되는 기색이었다.

동정은 하지 않아. 다른 문제란다. 폭력에 노출되어 있던 사람들은 혐오라는 감정을 일찍 배운다. 그건 굉장히 안 좋은 일이야. 사는 내내 관계에 어려움을 느끼니까. 네가 나를 혐오한다면 동정은 오히려 내가 받는 것일 테지.

누군가를 향해 난사한 후 그 권총을 자신의 머리에 겨누고 있는 배우가 무대 위에서 객석을 바라본다. 아저씨의 모습은 마치 그런 역을 맡은 배우 같았다. 나는 숨을 죽이고 바닥의 유리 조각을 밟듯 발을 내디뎠다.

궁금한 게 있는데 물어봐도 되겠니?

물어보세요.

말하는 동안 아저씨는 나를 바라보지 않았다.

사랑하는 사람이 있는 거니? 너도 이제 그럴 나이니까. 무슨 말이든 듣고 네 말에 뭔가 선명해졌으면 하는 바람이란다.

나는 잠시 가만히 있었다.

진공관 스피커는 볼륨을 높여도 소리가 깨지지 않았다. 커튼을 젖히면 창밖으로 사방이 트인 공원이 보였다. 몇 그루의 배롱나무들 사이로 벤치가 놓여 있었는데 그동안 앉아 있는 사람을 본 적은 없다. 멀리 보이는 산은 만년설에 덮인 듯 볼 때마다 안개에 물들어 있었다. 창으로 들어오는 햇살이 유리 용기 수신관에 담겼다. 오빠에게 다가가 허리를 감싸안고 매달리는 동안 메탈리카의 노래가 밀려와 가슴을 쓸었다. 그러고는 경사로를 따라 가슴속으로 미끄러져 들어왔다. 원해. 말하며 심호흡을 했다. 사랑을 나누는 동안 그 공간에 담긴 시간은 고여서 흘러가지 않는 듯했다.

어릴 적 토끼사냥 하는 어른들 쫓아서 산에 간 적이 있는데 그때 간혹 마주치는 노루가 있었어. 노루는 말이야. 뛸 때 방향을 정해. 그러곤 그곳으로만 직진이야. 이리 갔다 저리 갔다 하지 않아. 한참 뛰다 안전한 곳에서 잠시 멈춰 다시 방향을 정하는 경우는 있어도 말이지.

오빠의 눈빛은 신기한 노루를 바라보던 아이의 눈처럼 반짝였다.

그때 나는 그런 노루가 마음에 들었어. 지금도 그래.

나는 한동안 대꾸를 하지 않은 채 턱을 괴고 앉아 그의 얼굴을 찬찬히 바라봤다. 불룩한 눈두덩이 오히려 그의 눈을 깊게 만들고 적당히 선 콧대와 선홍빛 입술은 그리 깊지만은 않다는 것을 보여주듯 말갰다. 그 모습을 마주하고 있으면 조급했던 마음이 저절로 풀리는 것이었다.

오늘 알게 된 새가 있는데 날아오르기가 어려운 새야.

그런 새가 있어?

그럼 새라고 다 날기가 쉽겠어? 그 새는 비행기처럼 활주로가 필요하대. 그렇다고 매번 성공하는 것도 아니야.

내 얘기에 오빠는 무언가를 생각하는 표정이었다.

그 새는 날기가 어려워 걷고 또 걷고 뛰고 열라 뛰어야 하는 거야. 도약할 때까지.

혹시 그 새, 몸이 너무 무거운 거 아닐까?

그의 물음에 나는 조금 웃었다. 노루 이야기와 나의 새. 우리의 이야기가 석양빛과 함께 방 안에 드리워져가는 이 시각이 아주 좋다는 생각하면서.

버스정류장에 잠시 앉아 노선표를 바라봤다. 두 구역을 걸었으니 오빠의 집까지 다섯 정거장이 남았다. 신축 상가에 늘어선 부동산이 보였다. 유리창에 아파트의 시세가 적혀 있었다. 제일 작은 평수의 가격이 내가 월급 받아 쓰지 않고 백오십 년을 모아도 살 수 없는 금액이었다.

번화가로 이어지는 골목에는 술집이 즐비했다. 먹고 놀다 풀고 가세요. 주점의 간판이 눈에 띄었다. 배고프고 고단한 누군가 보게 된다면 먹고, 놀다, 뜬금없이 풀고 싶을 거 같다는 생각이 들었다. 화를 풀고, 단단히 뭉친 어깨도 풀고, 졸이던 마음도 풀고 무거운 짐이 있다면 그것도 풀어버리고 싶을 것 같았다. 조금 더 걷다 보니 작은 천이 나오고 얼마 전에 조성한 자그마한 공원이 보였다. 벤치가 있으면 잠깐 앉으려 했는데 보이지 않았다. 공원 끝자락에 두 마리의 쇠똥구리가 모든 영양분이 담긴 먹이를 굴리는 조형물이 있었다. 제 몸보다 몇 배는 커다란 똥이었다. 피식 나도 모르게 웃음이 나왔다.

조형물 뒤로 한적한 길가가 이어지다 사거리 코너 자리에 있는 삼 층 건물이 시야에 들어왔다. 아저씨가 진료를 보는 병원이 있는 곳이었다. 내가 중학생 때 몇 번 상담을 받으러 간 적이 있다. 그때와 다름없이 일 층에는 약국과 프랜차이즈 카페가 있고 이 층에는 건강검진을 겸하는 내과 그리고 삼 층에는 한의원을 중심으로 정신의학과 의원과 심리 센터가 양쪽으로 있었다.

나에게 막내 여동생이 있었다. 내가 고등학생 때였는데 아들만 셋 있는 부모님께서 딸을 입양한 거로 기억해. 여섯 살 동생은 오빠들만 있는 집에서 줄곧 혼자 놀았다. 다들 바빠서 대개 잊어버리기도 했지. 그랬단다. 놀아주고 싶었는데 그러지 못했어.

아버지의 병원비와 간병비를 부담하는 아저씨에게 인사를 하러 간 날이었다. 감사하다는 나의 인사에 아저씨는 와줘서 고맙다고 답했다. 그러고는 나를 아저씨 자리에 앉히고 자신은 상담하러 온 환자 자리에 앉았다. 언젠가 내가 앉아 있던 자리이기도 했다. 아저씨는 마치 자신이 진료받는 것처럼 이런저런 이야기 끝에 여동생에 관한 말을 꺼냈다.

마치 유리관 속에 있는 동생을 바라보는 느낌이었는데 이상했다. 나는 죄를 짓지 않았지만, 죄의식을 느끼곤 했으니까.

무슨 말인지도 모른 채 고개를 끄덕이며 나는 아저씨와 눈을 마주치지 못하고 책상 위에 눈길을 두었다. 여러 개의 액자가 모니터 옆에 있었고 그 안에는 누군가의 사진이 들어 있었다. 엄마가 사라지기 전 목격한 모습을 나는 그 당시 상담하는 내내 말하지 못했다. 누군가의 몸 사이로 파고들다 그 안에서 환희에 들떠 울던 얼굴. 나는 일 년이 넘도록 말을 하지 못했다.

내가 재밌는 말을 많이 해야겠구나. 네가 웃는 모습이 보고 싶단다.

상담하는 첫날 의사 선생님이 말했다. 말을 잃은 중학생이던 나를 대할 때처럼 아저씨 혼자 이야기를 이어갔다.

어느 날부터 동생이 보이지 않았다. 어딘가 있기는 한 걸까. 동생이 있었던 걸까. 문득 그런 생각이 드는 거야. 찾기 시작했다. 방문을 열어보고 문 뒤에도 보고 주방이며 화장실이며 마당도 나가 샅샅이 봤지. 어디에도 없었어. 가슴이 아프고 배도 아프고 머리도 아팠지. 눈물은 나지 않았지만, 너무 슬펐다.

나는 조심스럽게 입을 열었다.

혹시 파양된 건가요?

어른들 일이라 잘 모르겠다. 동생이 파양된 이유를 얼핏 들은 것도 같아. 아이가 적응하지 못했다고. 동생이 혼자 놀던 모습이 떠오르고는 해. 곁에 다가가 말 걸고 웃게 해주고 재밌게 놀아줄걸. 행복하게 말이다.

아저씨는 잠시 말을 잇지 못했다.

그런 후회가 들더구나. 숨겨두었더라면, 그랬다면 동생이 사라지지 않았을까.

상담받으러 온 사람처럼 아저씨는 말하고 있었다. 나는 차가워진 팔을 쓸어내렸다.

사랑하는 사람이 있느냐고 물었다. 네가 사랑하는 사람이 나는 아닐 테니까.

지난밤 아저씨가 내게 되물었다. 눈물을 흘리며 울고 있는 가면을 내려놓고 아저씨가 나를 쳐다보았다.

오빠가 없으면 마음이 아플 것 같은데 아저씨가 없으면 불안할 것 같아요.

불안하다는 말이 참 슬프게 들리는구나. 누군가를 기어이 이해하게 만드는 힘. 그거 진절머리 나는 거야. 근데 내가 나에게 그러고 있구나.

무슨 말씀인지 모르겠어요.

무력하고 우울하니 충동만 남은 것 같구나. 그런 나를 이해하고 싶지 않은데 자꾸 이해하게 되는 거야. 그러니 방법을 찾으려는 게다.

아저씨가 가만히 웃었다. 무언가를 그려보는 눈으로 나와 눈을 마주쳤다.

널 웃게 해주고 행복하게 해주고 외롭지 않게 해주고 싶구

나. 네가 내 곁을 떠나면 살고 싶지 않을 거 같아. 무슨 말인지 알겠니?

전 아저씨가 무슨 말씀을 하는지 잘 모르겠어요.

내가 견디기 힘들 것 같다. 오빠가 보고 싶으면 어떻게 해야 하는지 알려주마.

나는 현관문에 눈길을 둔 채 아저씨의 이야기를 듣고 있었다.

그냥 여러 번 생각해보는 거야. 여러 번.

아저씨가 가고 난 후 탁자 위에 놓인 메모를 봤다. 의도하지 않은 말보다 의도한 말을 하기가 훨씬 어렵다. 나는 서둘러 필요한 물품들을 챙겨 병원으로 갈 준비를 했다. 아버지에게 말을 건네고 싶었다.

아버지는 링거에 의지한 채로 가쁜 숨을 쉬고 있었다. 간과 폐에 전이한 암은 이제 대장까지 옮아갔다. 내가 최선을 다했는데도 아버지가 죽으면 어떻게 해야 하는지. 하지만 아무리 우기려 해도 최선이라는 말은 어울리지 않는데 내가 대체 무엇을 하지 말아야 하는지 난 모르겠다고. 나는 작은 소리로 물었다.

아버지 살고 싶지? 아버지가 죽고 싶지 않다고 말해야 내가 힘이 날 것 같은데 이상해.

마리오네트의 줄에 매달린 인형처럼 다리를 뻗고 손을 내밀며 아버지 곁으로 다가갔다. 그 줄에 의지하지 않았다면 나는 움직이지 못했을지도 모른다. 그러나 내가 의도한 말이 무엇인지 의도하지 않은 말은 무엇인지 나조차도 알 수 없었다.

솔직하게 말하면, 아버지가 내게 그렇게 말할까 봐 무서워.

다시 걷기 시작했다. 앞으로 더는 나아가지 못하고 길을 돌아 천변으로 내려갔다. 징검다리가 천 가운데에 놓여 있었다. 며칠만 비가 와도 보이지 않을 정도로 낮은 징검다리였다. 오빠에게 가지 않을 생각이다. 천 너머 집으로 되돌아가는 길이 보였다. 휴대전화의 진동음이 울려 열어보니 오늘 원단 상사와의 미팅 일정 알림이었다. 원단 발주에 앞서 해야 할 일을 마치긴 했어도 마음이 불편했다. 무음으로 돌리고 가방 안에 전화기를 넣으려는데 영업부 남자 직원이 다시 전화를 걸어왔다. 디자인실에 연락은 한 거냐고 물었다. 조금 전에 통화했다고 말하자 의아하다는 투로 그런데 디자인실에서 왜 자꾸 볼멘소리가 나오는지 모르겠다고 했다. 원단 기록장에 관해 물어오길래 자신은 잘 모르니 다시 연락해보라고 전했다는 말이었다. 원단이 바뀌어 정리된 모양인데 미리 알려주는 게 도움이 될 거 같다고 하고는 전화를 끊었다.

기록장은 원단 스와치를 붙이고 번호를 매기고 수량을 확인하여 적었다. 적지 않은 시간이 걸리는 작업이었고 원단에서 떨어지는 먼지도 꽤 심각해서 기침을 달고 살았다. 내가 전화를 했더니 실장은 황당하다는 투로 설명하기 시작했다.

기록장은 원단 발주를 하는 데 있어서 중요한 자료가 된다고 말문을 열었다. 원단의 스와치를 보니 원단의 겉과 안이 뒤집혀 붙어 있다고. 그리고 안감으로 쓰려던 폴리에스테르와 블라우스의 원단인 실크가 바뀌어 있는데 어떻게 그것을 구분 못 했는지 이해가 가지 않는다고 말했다. 아사 원단과 시폰과 워싱 리넨 또한 분류하지 않았고 정리가 엉망이었다는 노골적인 표현도 서슴지 않았다. 결론은 다시 확인하지 않았다면 낭패가 될 뻔했다는 내용이었다. 모르는 것이 있으면 물어보고 하라는 고상한 충고를 남기고 전화를 끊었다,

제때 하지 못했던 말이 있는 양 나는 전화를 걸었다.

실장님, 죄송합니다. 기록장 확인해서 다시 정리할게요.

그 정도 원단 종류를 구분할 줄 아는 것은 의류회사에서 일하는 사람의 기본입니다.

그러고는 원단 정도는 기본적으로 알아야 의류회사에서 일할 수 있는데 어떻게 일하게 되었는지 궁금하다며 실장은 에두르지 않고 말했다.

이럴 땐 제가 어떻게 해야 하는지 모르겠어요.

무슨 말이죠?

그러니까 기본이 없으니 회사를 그만두어야 할지, 열심히 일하면서 기본을 익혀야 하는지 모르겠어요. 실장님 제가 어떻게 일하게 되었는지 묻는 건가요? 저를 여기 취직하도록 도와준 아저씨가 있어요. 전무님 와이프가 오빠를 봤는데 아마도 그날 아저씨에게 얘기한 것 같아요. 실장님도 혹시 알고 있나요? 그 아저씨를 만나지 않아도 별일이 없을지 모르겠어요. 아버지는 살 수 있을까요? 병원비가 한 달에 오백씩 나가요. 제 월급은 아시겠지만 백팔십이에요. 씨발 한참 모자라요. 백팔십.

이봐요. 지금 무슨 말을 하는 거예요? 충고 하나 하고 싶군요. 인생 똑바로 사시길 바랍니다.

충고 감사합니다. 그런데요. 인생 똑바로 사는 게 어떻게 사는 건지 모르겠어요. 지금 너무 쉽게 말하는 거 아닌가요? 실장님이 원단 상사 사람하고 무엇을 하러 다녔는지, 전무님 와이프가 새벽 내내 무엇을 원했는지 다 알아요. 충고하려거든 자신부터 똑바로 살고 해야 하는 거 아닌가요?

수화기 너머에선 아무 소리도 들리지 않았다.

여보세요? 지금 일방적으로 전화를 끊은 건가요? 이렇게

서러운 기분이 들 때면 막 소리를 지르고 싶은데, 그게 그렇게 어려운 일도 아닌데 그럴 수가 없어요. 오빠 등에 매달려 타던 두카티 애인의 헤드라이트 유닛을 봤어요. 나와 닮았다고 하더니 희대의 악당 조커를 닮았더라고요. 웃음을 참을 수 없는 슬픈 조커 말이에요. 더 당황스러운 것은 내가 벗은 후 보게 된 가면도 나와 아버지가 등장하는 인형극에 나오는 마리오네트도 그런 모습이었다는 거예요. 수화기 너머에선 여전히 아무런 소리도 들리지 않았다. 나는 계속 이야기했다. 실장님처럼 인생을 잘 사는 사람들에게 묻고 싶어요. 살아가는 일도 기본이 안 돼 있으면 이렇게 어려운 건지. 언제까지 얼마만큼 어려운지 알고 싶은데 아무도 말해주지 않아요.

등에서 한기가 느껴져 주위를 돌아보니 나는 대로변 한복판에 서 있었다. 모든 게 얼룩져 보였다. 상점들 간판의 글씨가 제각기 비뚤어지고 지하철역을 끼고 있는 팔 차선의 차로가 어그러졌다. 즐비하게 늘어선 가로수들이 내게서 등을 돌리고 있는 것처럼 느껴졌다. 길은 내가 선택하는 게 아니었다. 세상이 막다른 길을 열어놓았을 뿐. 걸음을 재촉하며 걸었다. 줄에 매달린 인형처럼 부자연스러운 발걸음과 흔들리는 고갯짓이 우습게 슬펐다.

천변을 따라 걷다가 다시 아래로 내려가 돌담을 건너갔다.

자전거 도로와 인도가 나뉘어 있는 길을 따라가는데 언제 나타났는지 커다란 진돗개가 전력 질주로 뛰어오고 있었다. 나를 향해 날려들듯이 오다가 내 곁을 빠르게 지나쳐 내달렸다. 숨이 잠시 멎는 줄 알았다. 잔디밭에 모여 있던 수십 마리의 비둘기들이 일제히 날아오르고 저만치 당황한 사람들은 겁에 질린 채 주춤거렸다. 놓친 개의 목줄을 잡으려고 허둥지둥 뒤쫓던 남자가 사람들에게 소리치기 시작했다.

놀라지 마세요. 좋아서 그러는 거예요. 놀라지 마세요. 좋아서 그러는 거예요.

뛰는 개보다 견주의 말에 관심을 두었는지 당황하던 사람들의 표정이 일순 밝아졌다. 달리는 진돗개가 아주 조그맣게 보이다 시야에서 사라질 때까지 나는 그 자리에 서 있었다. 뛸 때 방향을 정한다는 노루 이야기가 떠올라 오빠에게 전화를 걸고 싶었다. 목줄 풀린 개가 신나게 달려가고 있어. 개가 공격하는 줄 알고 사람들이 겁낼까 봐 견주가 소리치며 쫓아간다. 놀라지 마세요, 좋아서 그러는 거예요. 견주는 그걸 어떻게 알았을까. 어린 시절 소극장에서 인형극을 봤어. 십자로 엇갈려 만든 나뭇개비에 줄이 연결되어 있고 그 줄에 관절이 매달린 마리오네트. 조정하는 이가 나뭇개비 잡은 손을 움직이자 인형은 걸음을 떼어 걷고 느닷없이 입을 벌리고 팔을 뻗었다가 헛발질하던 두 발이 땅에서 떨어져 공중에 떠다니기도 하고 부자연스럽게 구부러진 팔로 자신을 치기도 했어. 과장되게 고개를 끄덕이고 턱을 아래로 한참 내리고 웃기도 하면서. 왜 그랬는지 모르겠지만 나는 인형극을 그만 보고 싶었는데, 막상 끝나니까 좀 전의 인형들이 불편한 자세로 바닥에 힘없이 주저앉아 있는 거야. 아무것도 할 수 없는 것처럼. 근데 있지 나 지금 할 수 있을 것 같아. 상상하는 거 말고. 나도 막 달리고 싶다. 달려도 괜찮을까.

어제의 눈물, 그로부터

정말 추운 날이 아니었다. 아직 겨울이고 봄은 멀었어도 그런 날이 있다. 누군가는 발목까지 오는 패딩을 입고 누군가는 얇은 반코트를 걸쳤다. 히트텍에 기모 바지까지 챙겨 입은 이가 있는가 하면 홑겹 재킷 안에 폴라티 하나 입은 이도 있었다. 기다리기만 하면 된다는 게 마음에 들어. 그날 준기가 이런 말을 했다. 자그마한 테이블에 셋이 앉은 사케집이었다.
　이따금 대화 중에 입김이 보였다. 정말 추운 날이 아니었고 더구나 실내였기 때문에 우리의 입김이라는 생각은 하지 않았다. 서리가 엉긴 유리창이 보였고 따듯하게 덥힌 술이 몸속으로 스며들었다. 수연이 모자 달린 패딩을 어깨에 걸치고 있었던 것이 기억난다. 분명 다른 계절은 아니었을 테지. 멀건 입김이 올올이 풀어져 공기 중에 사라지던 그 시간이 떠오른다. 지금. 그때와 닮은 계절이라서 그런지도 모르겠다. 기다리기만 하면 되는 것이 무엇이었을까. 주문한 음식, 약속한 친구, 어쩌면 신청곡. 계절에 관한 상념이었을까. '어제의 눈물'이라는 술 이름에 그런 이야기를 꺼낸 듯하다.

그날 셋이 함께 마시던 청주를 한 병 샀다. 연예인 누군가 즐겨 마신다는 방송 이후로 일반 마트에 진열되어 있다는 소식을 들었다. 영업집이나 주류 전문매장이 아니고서는 살 수 없었던, 그 이름이 기억에 남은 술이었다. 각종 술이 진열된 코너로 다가갔다. 어제의 눈물. 레이블 위로 술이 넘치고 있는 것처럼 흘림체로 쓰여 있었다. 그 뒤로 술이 담긴 상자가 겹겹이 쌓여 있는 것을 우두커니 바라보다 검은 상자에 포장된 어제의 눈물 하나를 꺼내 들었다.

수연이 보고 싶었다. 선물을 전해주려 날을 헤아린 지 여러 날이 지났다. 카톡 친구 생일 난에 수연의 이름이 쓰여 있던 날을 보내고 겨울 끝의 명절을 지나쳤다. 그런 날이 지나도록 마음을 먹을 수가 없었는데 보고 싶다는 마음은 먹기 나름이 아니어서 그냥 보고 싶었다. 관외 출장을 마치고 나는 산들마을로 향하는 버스를 탔다. 손에 든 쇼핑백이 묵직하게 느껴졌다. 창밖으로 보이는 풍경이 다른 날보다 선명했다. 길가의 사람들 표정 하나하나가 눈에 들어왔다. 걷거나 서서 휴대전화에 열중해 있거나 서둘러 어디론가 움직이고 있는 사람들. 모두 화가 난 듯 표정이 굳어 있었다. 다들 괜찮은 걸까. 그들의 모습이 숨을 참으며 걸어가고 있는 것처럼 보이기도 했다.

물고기는 물속에서 숨을 쉬어? 언젠가 어린 수연이 물었을 때 나는 그렇다고 답했다. 나 또한 어른이 되려면 한참 먼 나이였다. 등 뒤로 천을 사이에 두고 두 마을을 잇는 다리가 보였다. 그랬구나. 수연이 말했다. 안심하는 투였다. 그렇구나, 와 그랬구나, 의 차이는 무엇일까. 언젠가 천을 건너다 말고 헤엄치는 물고기를 바라보았을 것이다. 염려하던 마음이 안도로 바뀌는 순간 나온 말이겠지.

어린 수연이 작은 입을 물고기처럼 뻐끔거리다 말해야겠다는 결심이 섰는지 내게 물었다. 오빠도 나쁜 사람들과 싸워서 이길 수 있지? 아이언맨이 되어주면 좋겠어. 우리는 전날 함께 〈아이언맨〉을 보았다. 인상 깊던 장면을 떠올리며 내가 대꾸했다. 아이언맨은 슈트 안 입으면 힘을 못 써. 남자가 눈물도 많고. 수연이 잠시 생각에 잠긴 얼굴로 나를 바라보았다. 오빠도 눈물 흘리잖아. 큰오빠와 싸울 때 봤어. 한 손을 가슴 위에 얹고는 말을 이었다. 아이언맨은 심장에 상처가 있는데도 나쁜 사람들과 싸워. 그래서 슈트도 만든 거지. 나를 지켜주는 거야. 약속해. 그 말을 듣는 순간, 어린 너는 속절없이 마음이 바빠졌다. 내가 마음에 담아두었던, 내내 전하고 싶던 말을 할 수 있는 순간이었다. 내가 어깨를 올리고 굵은 목소리를 흉내 내며 뭐라고 대답했는지 분명하게 기억한다. 말만 해. 무서운 악당과 싸워서 물리쳐줄게. 너를 지키는 아이언맨이 될 거야. 나는 의기양양하게 말했다. 염려하던 마음이 안도로 바뀌는 수연의 표정에 나는 허리를 똑바로 세워 키가 훨씬 크게 보이도록 했다.

버스가 한동안 움직이지 않았다. 도로가 혼잡한 탓에 버스 전용 차선조차 밀려 있었다. 보행 신호가 켜졌는데도 차들은 사람들이 건너갈 공간을 다 내주지 못했다. 좁아진 횡단보도 위로 사람들이 차를 피해 몸을 이리저리 움직이며 건넜다. 문득 살아가는 일이 건널목을 건너는 일과 다르지 않을 거라는 생각이 들었다. 위험에 노출되어 있으나 대개는 아무 일도 일어나지 않는다고 믿고 있는 길. 살아내고 죽어가는 일이 몰래 이어지는, 그러나 그저 건너가면 되는 길이다. 열두 정거장이 지나고 산들마을에 도착했다. 큰 도로에 작은 길이 교차하는 사거리였다. 버스에서 내려 아파트 진입로 모퉁이를 돌았다. 조명가게에서 흘러나오는 벽등의 불빛이 눈을 스쳤다. 나는 잠시 눈을 감았다. 오면서 생각해보니 오늘은 준기의 기일을 일주일 앞두고 있었고 준기와 수연에게서 양복 한 벌을 선물받은 날이었다.

작년 이 무렵 수연은 준기와 결혼을 준비하고 있었다. 만나면 함박웃음을 지으며 나를 반겼고 말할 땐 어깨가 들썩거릴 정도로 활기에 차 있었다. 늦가을이 시작되는 소방의 날 무렵에 준기와 나는 함께 입사했다. 다섯 살 나이 차이가 있지만, 거리낌 없이 속내를 보이는 준기와 나는 빨리 친해졌다. 소방청사에서 함께 야간 출동을 하고 아침 퇴근을 하며 많은 이야기를 나누었다. 구급차를 타기 전까지 날마다 장비점검을 하고 진압 활동과 구조 출동에 필요한 일을 도왔다. 최소한의 안전조치를 하지 못하는 상황에서 당황하면서도 환자를 우선 생각했고 교통사고에서 누군가 구급활동을 하는 동안 경찰 대신 형광봉으로 교통통제를 하며 사고를 수습하기도 했다. 비상소집과 추가출동도 마다하지 않았고 다른 소방서 관할의 사고에도 함께 지원을 나갔다. 어느 날, 집에서 잘 때도 종종 출동 벨 소리에 깬다는 말을 준기에게서 들었을 때 나는 묘하게도 안심이 되었다. 벌떡 일어나 달리기부터 준비한다는 말에 나도 그렇다고 했다. 준기의 눈꺼풀에 고단함이 묻어 있었다.

둘이 식사를 하러 가는 동안 번갈아가며 꺼진 담배꽁초를 살피고 식당에 앉아서는 완깅기의 위치를 확인하고 먼지 쌓인 소화기의 계기판을 살피고는 했다. 고추장으로 버무린 껍데기 무침이 반찬으로 나왔을 때 난처한 눈길로 서로를 바라보았고 서로 의향을 묻듯이 손사래를 주고받다 식당 아주머니에게 정중하게 가져가시라고 부탁했다. 옆 테이블의 찌개 냄새를 겨우 견디며 앉아 있다가 제대로 먹지 못하고 나온 적도 있었다. 돌아가는 길에 준기도 나처럼 어제를 떠올렸을 것이다.

서두른 일보다 서두르지 못한 일을 후회하고 걷느라 달리지 못한 그 발걸음을 반성하고 길을 내주지 않던 운전자를 원망하는 순간들. 면식이 없던 누군가의 생사가 우리와 무관하지 않았다. 구해주지 못해 떠나버린 삶을 바라보고는 했다. 차들을 추월하여 교차로를 좀 더 빨리 지나쳤더라면, 장비를 미리 챙겨놓아 시간을 단축했다면 그래서 기진한 몸을 좀 더 일찍 잡아주었더라면 살릴 수 있었을까. 일상이라고 하면 대개는 평범하고 반복적인 하루하루를 떠올릴 테지만, 살려내지 못한 죽음을 지켜보고 이별을 목격한 채로 시신 운반부대의 지퍼를 올리는 일이 일상인 사람들, 그게 우리였다. 잠시 예로써 고개를 숙이고 돌아서는 발걸음은 늘 더디고 무거웠다. 그러나 신고 있는 소방부츠가 바닥에 끌리는 그 순간마다 이명처럼 출동 벨 소리가 들렸고 우리는 다시 걸음을 재촉하고는 했다.

　오늘도 출동 벨 소리에 서둘러 일어났다. 기동화의 신발끈을 단단히 묶고 뛰어 나가 구급차에 올랐다. 이른 아침의 냉랭한 햇빛이 차창에 닿자마자 부서져 산산조각이 났다. 눈이 부신 조각들이 창 안팎으로 흩어져 내리는 사이로 소리가 들린다. 주택가 도로 1028번지. 화재신고. 대로 90번길. 오십 대 남자 심정지 상태. 상황실의 안내방송이 흘러나오고 있었다. 도로명 주소 확인 중. 주취자의 폭행 사건. 소리가 한꺼번에 들리는 까닭에 상세한 내용이 잘 들리지 않는다. 어디로 가야 하는지, 어떤 이에게 달려가야 하는지 알 수 없어 다급하게 무전기를 들고 목소리를 내려는 순간, 잠에서 깨었다. 꿈이었다. 줄곧 출동 벨 소리에 잠에서 깨는 꿈을 꾼다. 그런 날은 여지없이 눈을 뜨는 순간에도 심장은 달리기를 멈추지 않는다.

　가슴을 쓸어내리다 멈추고는 늘 그렇듯 내 심장의 고백을 듣는다. 그리고 변명을 일삼는다. 신은 나와 같은 생각이 아니었다. 모두를 구하고 싶었으나 모두를 구하지 못했고 죽음을 최소화하는 길을 판단해야 하는 날도 있었다. 그래놓고 귀소하는 구급차 안에서조차 슬퍼하거나 절망할 겨를이 없었다.

다른 누군가의 구조요청이 기다리고 있으므로. 긴박한 안내방송이 너무 생생하여 눈을 뜬 채로 꿈에서 깨는 날은 근무하는 동안에도 현실감이 없다. 세 건의 구조 출동을 마치고 합동분향소를 다녀왔다. 화재사고였고 진화하던 소방관 세 명이 순직했다. 그들은 단 한 사람을 구하기 위해 주저 없이 화염 속으로 뛰어들어갔다. 소방관의 삶은 다른 누군가의 손을 잡기 위하여 자신의 손은 미처 잡을 엄두를 내지 못한다. 작년 이맘때 주택가에서 난 화재사건도 정황이 같았다. 그날도 미처 빠져나오지 못한 사람을 구하기 위해 뛰어들어간 소방관이 유명을 달리했다. 준기였다. 수연과의 결혼을 두 달 앞둔 어느 날이었다.

산들마을 입구에 있는 정자에 앉아 수연에게 문자를 보냈다. 지금 네 집 앞이야. 전해줄 게 있는데 지금 나올 수 있어? 별건 아니야. 간혹 수연을 바래다주러 오곤 하던 아파트는 어느새 외관 색이 바뀌어 있었다. 요즘 선호하는 건설사의 아파트처럼 짙은 초록색이 모서리와 창문의 테두리를 감싸고 있었다. 아파트 정문 앞에 24시간 빨래방이 있고 우리 콩 순두붓집이 있고 분홍색으로 실내를 장식한 카페가 보였다. 순두붓집의 문이 열리고 두어 명이 나오고 들어갔을 뿐, 산들마을은 생각에 잠긴 듯 조용하다. 아파트 너머 어둑해지는 하늘을 바라보았다. 버스를 탈 때까지만 해도 낮이었을 텐데. 좀 전까지 환했는지 떠오르지 않는다.

뭐야. 분위기가 왜 이래. 나는 그날 소개팅의 주선자였고 다소 어색한 공기를 화기애애하게 만들기 위해 중언부언했다. 너희 울어? 내가 물었는데 서로를 바라보는 준기와 수연의 표정이 정말 그랬다. 사람이 마음에 들어오면 눈이 먼저 알아보는지도 모른다고 생각했을 만큼. 그날 저녁 식사 장소는 수연이 정했다. 준기와 나는 자극적이거나 날것인 음식은 꺼렸지만, 수연이 가고 싶은 곳이면 어디든 갈 생각이었다. 우리가 간 곳은 파스타와 스테이크가 맛있다고 인스타에 소개된 프랑스 가정식집이었다. 물탱크차를 운전하여 화재 발생 장소에 출동 나갔던 준기를 기다렸다가 함께 출발했다.

프랑스 가정식 식당의 불빛이 포근한 느낌을 주었다. 시금치 수프를 떠먹으며 이렇게 맛있는 시금치 음식은 처음이라고 수연이 말했다. 무엇이 좋다, 어떤 음식이 맛있다는 말을 좀체 하지 않는 아이였으므로 수연의 기분이 무척 좋다는 것을 짐작할 수 있었다. 난 꼬꼬뱅을 처음 먹어보는데 특별한 맛이라고 했고 바지락 파스타를 시킨 준기는 덩치에 어울리지 않게 그 조그만 바지락 껍데기 안의 살을 발라 먹으면서 웃었다. 그러는 동안 수연은 채소볶음을 마늘 바게트 조각 위에 올려 준기에게 건네주었다. 서로를 잘 알지 못해도 금세 좋아할 수 있다. 나는 그런 생각을 했던 것 같다.

어느 휴일 수연이 지방에 사는 고모의 심부름으로 영양제를 내게 전해주러 소방서에 찾아온 적이 있다. 그날 이후 수연은 나에게 부쩍 연락을 자주 해왔다. 우연히 본 사람이 있는데 자기 이상형이라고 하면서 준기에 관해 물었다. 같이 밥 한번 먹을까. 그 말을 누가 먼저 꺼냈는지 모르지만, 나는 몇 번을 미루고 한 번 이상을 고민하고 바쁘다는 핑계로 혹은 비상근무라는 이유로 연기한 끝에 약속을 잡았다.

식사하는 내내 수연의 얼굴이 봄꽃처럼 환했다. 사촌 여동생인 수연은 고모의 딸이었다. 아버지와 열다섯 나이 차이가 나는 고모는 아버지의 하나뿐인 여동생이었다. 아버지의 들창코와는 달리 고모는 코가 오똑하고 뚜렷한 이목구비로 미인이라는 말을 듣고 자랐다. 고모를 쫓아오는 남자들을 본 적이 있는데 나이와 상관없이 그들은 하나같이 순진한 사내아이처럼 수줍어했다. 그 당시 초등학생이었던 내가 고모에게 다가가 마치 보호자라도 되는 양 손을 잡으면, 고모는 뺄쭘해진 남자들을 뒤로한 채 화들짝 놀라며 반기고는 했다.

어느 날부터 키가 훤칠하고 듬직하게 잘생긴 남자가 매일 매일 집에 찾아와 고모에게 사랑 고백을 했는데 아버지는 그렇게 잘생긴 게 마음에 썩 들지 않아 일부러 문밖에서 돌려보내고는 했다. 자신보다 한참 어린 여동생이 아팠을 때 등에 업고 맨발로 병원까지 뛰어가며 울고불고했을 정도로 아버지는 예쁜 여동생에 대한 마음이 각별했다. 남자의 고백은 네 번의 계절도 잊은 채 한결같았고 여동생 또한 그 남자와의 결혼을 간절하게 소망했으므로 아버지는 그의 성실함을 믿고 여동생의 결혼을 승낙했다. 그러나 결혼식 이후로 본 적이 별로 없어 고모부의 존재조차 기억나지 않는다. 어둑한 겨울날, 출산일이 얼마 남지 않아 몸은 물론 얼굴까지 퉁퉁 부은 고모만 집으로 돌아왔다. 그렇게 두 달 후 내게 조카가 생겼고 수연은 열 살이 될 때까지 우리 집에서 함께 살았다.

아직 수연에게서는 문자가 없다. 바쁜가 보네. 몇 동 몇 호였지? 경비실에 맡겨놓을 테니 찾아가셔. 수연에게 다시 문자를 보낸 후 경비실로 향했다. 정문과 후문 사이에서 집으로 향하는 쪽에 있는 후문 경비실로 갔다. 이곳은 물건을 맡길 수 없습니다. 아저씨가 친절하게 말했으나 정작 어디에 맡겨야 하는지는 알려주지 않았다.

버스정류장을 향해 걷다가 맡길 곳을 물어볼걸 그랬다며

발길을 돌리려는데 어느새 경비실이 한참 멀어져 있었다. 혹여라도 나의 문자를 보고 서둘러 오는 건 아닐까. 마음이 불편하지는 않을지. 함께 마시던 술을 사는 게 아니었는데. 이제야 정신이 든 사람처럼 후회가 되었다. 어제의 눈물을 마시던 그날을 떠올릴 테니까. 다음 버스가 언제 오는지 검색해보니 십이 분 뒤였다. 산들마을로 들어오는 버스의 배차 간격이 긴 것으로 기억했다.

휴대폰을 확인하고 답장이 없는 메시지 창을 열었다. 내가 보낸 문자를 물끄러미 바라보았다. 맡겨놓겠다는 말이나 찾아가라는 말 대신 다른 표현이 없었을까. 술을 전해주려고 온 게 아니니까. 수연이 보고 싶었다. 잘 지내고 있는지. 저녁 어스름을 밟고 낮에 하지 못한 일을 떠올리듯, 한동안 가만히 서 있었다.

프랑스 가정식집에서 나온 우리는 아담한 사케집에 들어갔다. 어제의 눈물을 마시며 우리의 대화는 자연스레 준기가 받은 하트 세이버에 관한 내용으로 이어졌다. 사람이 쓰러졌다는 신고를 받고 출동한 준기는 잘 보이지 않는 혈관을 찾아 정맥주사를 놓고 기도를 확보한 후 심폐소생술을 실시했다. 환자는 호흡이 없었고 패드를 붙일 당시 심장 수축이 전혀 보이지 않았다. 환자의 나이도 많은 편이라 희망적이지 않았으나 준기는 태어나서 처음으로 가슴 압박을 시작했다. 수연이 그 당시에 무슨 생각을 했느냐고 묻자 오직 하나였다고 대답했다. 지금까지 살아오며 그렇게 간절한 마음을 먹어본 적이 있었는지 스스로 묻기도 한다고 했다. 환자의 호흡이 돌아오고 맥박이 뛰는 순간, 안도와 함께 땀에 젖은 눈물을 흠뻑 흘렸다고 준기가 말했다. 우리는 술잔을 기울이다 동시에 술의 이름을 바라보았다. 그런 어제의 눈물이라면 매일 흘리고 싶다고 말했다. 실낱같은 희망을 믿고 최선을 다했으니 흘릴 수 있었을 거라면서.

수연은 준기에게 심폐소생술을 배웠다. 셋이 처음 놀러 간 펜션에서 저녁을 먹은 후 누군가 좀 더 건설적인 추억을 만들자는 의견을 냈고 우리는 자연스럽게 역할을 맡았다. 내가 의식 없는 환자 역을 했다. 수영 실력을 보여주겠다며 바다에 들어갔다가 휩쓸리는 척하고는 뭍으로 기어 나와 쓰러져 있었다. 햇살에 소금기 묻은 수연의 얼굴이 발갛게 달아올라 있었다. 주변인이 있는 듯 사방을 둘러보다 심각한 표정으로 다가왔다. 기도를 확보한 후 백 밸브 마스크로 산소를 주입했다. 배우는 자세가 자못 진지했다. 준기가 먼저 시범을 보였고 그다음 수연이 나의 가슴을 압박했다. 땀이 났는지 눈물을 흘린 것인지 감은 내 눈 위로 물이 똑 떨어졌다. 사람을 살리기에는 너무 약한 힘이었지만, 최선을 다하고 있다는 것이 느껴졌다.

수연의 포갠 두 손이 나의 가슴을 누르고, 누르고 얼마의 시간이 흐른 어느 순간, 가슴 안에 있던 아픔이 밀려 나왔다. 아프다. 아프다. 숨이 새어 나오듯 중얼거림이 입 밖으로 나왔다. 그곳에서 나는 무엇을 하고 있었을까. 마당엔 그을린 자전거만 덩그러니 남아 있었다. 언젠가 나는 자전거의 페달을 밟던 어린 주인을 살리지 못했다.

수연은 사랑스러운 아이였다. 장난감 청진기를 들고 와서는 어디가 아픈지 잘 모르겠으니 오빠가 진료를 해보라고 했다. 작은 가슴에 청진기를 가만가만 옮기며 의사 선생님처럼 진지한 얼굴로 진료하는 시늉을 했다. 그런 후 심장 뛰는 소리가 씩씩하다고 했다. 그럴 리가 없다며 수연은 이내 새초롬한 얼굴로 어제는 잘 참았는데 오늘은 참기가 어렵다고 말했다. 몸에 힘이 없고 어지럽고 먹고 싶은 게 아무것도 없다며 이런 적은 태어나서 처음이라고 했다. 무엇을 참느냐고 물었더니 보고 싶은 걸 참았다고 말했다. 무슨 말인지 몰라서 바라만 보고 있는 내게 그런 것도 모르냐는 듯 설명했다. 어제 사람을 보고 왔어. 그 사람이 나의 아빠인 것 같아. 자꾸 보고 싶어. 말은 그렇게 하면서 태연한 척 의젓한 표정을 지었다.

나는 웃음기를 거두고 앞으로 다시는 볼 수 없을지도 모른다고 말했다. 어른들 일이라 그렇다고 말도 안 되는 설명을 덧붙이면서. 수연은 오빠도 아직 어른이 아닌데 어떻게 어른들 일을 그렇게 잘 아냐며 눈을 흘겼다. 그러고는 의기소침해졌다. 수연은 아홉 살이고 나는 그보다 여섯 살이 많은 열다섯 살이었다. 그런 날은 오래오래 태엽을 감아 오르골 소리를 들려주었고 수연은 곁에서 듣다가 슬픈 표정으로 낮잠이 들곤 했다.

수연이 심각한 얼굴로 어느 날 내게 이렇게 물었다. 고등학생도 어른이야? 어른이지만 성인은 아니라고 대답했다. 하고 싶은 말이 있는 듯 보였다. 나는 너보다 여섯 살이나 많아서 어른들 일을 잘 알아. 그리고 나이 많은 어른보다 아이들 일도 잘 알아. 그러니까 무슨 일이 있으면 나와 의논하는 게 좋아. 그렇게 얘기한 후 믿음직스럽도록 가슴을 펴고 어깨를 세웠다. 수연이 작은 입을 겨우 움직여 큰오빠가 재밌는 놀이를 하자며 다락방에 데리고 올라갔다고 했다. 무슨 놀이를 했냐고 물었더니 겨우 들리는 소리로 큰오빠가 몸을 만졌다고 이야기했다. 눈을 감고 있으라고 해서 무슨 놀이인지는 모르겠는데 자꾸 쉬가 마려워졌고 싸운 일도 없는데 슬퍼졌다고. 다시는 따라 올라가지 마. 화가 난 듯한 내 목소리에 수연이 시선을 내린 채 이마를 찌푸렸다. 너, 목소리 크잖아. 응. 씩씩한 목소리로 그런 놀이는 안 한다고 해. 싫다고 말해. 아무도 없을 땐 스스로 지켜줘야 하니까. 나는 그런 말밖에 하지 못했다. 말하면서 가슴이 뛰었다. 오빠 화났어? 가여울 정도로 작고 하얀 수연의 얼굴을 바라보다 목소리를 낮추었다. 화 안 났어.

나는 여러 날을 고민하고 망설이다 형의 행동을 엄마에게만 털어놓았다. 그날 고모는 수연을 데리고 집을 나갔다. 아이 언맨이 되어줘. 수연의 말을 기억했지만, 나는 그 누구도 되어주지 못했다.

며칠 후 휴대용 가스버너에 불이 붙는 사고가 벌어졌다. 끓는점을 비교하는 과제를 하던 중이었는데 오랫동안 가열해서 불이 붙은 기름에 형이 물을 부은 게 원인이었다. 심하게 다쳐 쓰러져 있는 형을 두고 나는 밖으로 뛰어나갔다. 미웠기 때문일까. 응징해야 한다는 마음이 먼저 들었던 걸까. 형은 머리를 바닥에 떨군 채 움직이지 않았다. 누군가에게 신고 전화를 해달라고 할 생각이었으나 살려야 하는 때가 있다는 것을 중학생인 내가 모를 리 없었다. 돌아왔을 땐 마당에 그을린 자전거만 보일 뿐이었다. 그날 이후, 나는 형을 보지 못했다.

산들마을 입구 정류장에 다시 돌아와 타고 온 버스가 곧 도착한다는 전광판을 바라보았다. 미리 연락하고 다시 와야겠다고 생각하고 돌아갈 버스를 기다렸다. 도착해 문이 열린 버스에 오르려다 뒤돌아섰다. 다음 버스가 올 때까지만 기다리자는 마음이었다.

지금 집으로 가는 중이야. 7시쯤엔 도착할 것 같아.

수연의 문자였다.

그래. 근처 카페에서 기다릴게.

산미가 있는 커피가 맛있다는 말에 자주 들르던 카페였다. 문을 열고 들어가는데 인사하는 아주머니의 얼굴이 낯설었다. 주인이 바뀐 모양인지 테이블과 소품 등 눈에 익은 것들이 하나도 없고 실내장식이 완전히 바뀌어 있었다. 얼마 만인지 가늠해보려다 그러지 않기로 했다. 아마도 수연의 전화를 받고 내가 산들마을로 왔을 것이다.

창가 테이블에 앉았다. 수연이 아파트 쪽에서 온다면 뒷길이 지름길이 될 것이다. 오는 방향을 가늠하다 반대편 의자에 앉았다. 가만히 앉아 있으니 피곤함이 밀려와 복덜미에 손을 얹었다.

왜 그랬을까. 준기의 마지막 출동이 있기 얼마 전, 수연이 내게 전화를 걸어왔다. 준기가 잠을 이루지 못하는 것 같다며 대화를 나눠보라고 했다. 나도 짐짓 모르는 척했을 뿐, 준기의 어둡고 푸석해진 표정에 마음이 쓰이곤 했다. 어느 화재사건에서 준기는 그을음 묻은 얼굴을 마주한 이후로 모든 것에서 그을음을 본다고 했다. 그을린 바닥과 벽, 가구, 옷가지들. 낮의 햇살 아래 그림자도 밤의 어둠도 모든 게 누군가의 얼굴에 묻은, 닦아주지 못한 그을음만 같다고 했다.

가만히 듣고 있던 나는 준기에게 극복해보라고 했다.

우리의 임무니까.

말하면서 동화되지 않기 위해 노력했다. 나조차도 화마에 휩싸이는 꿈을 꾸는데 빠져나오려는 노력이 도리어 그 불 속으로 나를 밀어 넣더라는 말을 하게 될까 염려했다. 우리의 임무니까. 말하고는 한마디 덧붙였다. 어떤 불이익이 있을지도 모르니 내색하지 말라고. 좀 더 견디고 참고 이겨내 보라고.

그게 다였다. 왜 그랬을까. 나는 허벅지를 내리쳤다. 허벅지를 다시 내리쳐보지만 감각이 없다. 넘어지면서 신경을 다친 이후로 감각이 없다. 그날은 대형화재로 비상소집이었다. 서둘러 상황실에 먼저 나가 화재지점을 조사했다. 소화 용수가 어디 있는지 찾고 위험물을 관리하는 주변 기관에 연락을 취했다. 화재진압만큼 중요한 것이 연소확대 방지였으므로 주의를 기울였다. 준기도 근무일이 아니었지만, 소집 문자를 받고 화재진화 차량에 올랐다. 다행히 초기 진화에 성공하여 인근 소방서에서 지원 온 소방차들과 특수 구조대 차량이 돌아간 후 잔불 진화를 하기 위해 추가출동을 했다.

 화재 원인을 알아보기 위해 사고지점에 들어간 동안 준기는 임시가옥에 옮긴 불을 진압해야 했다. 무너질지도 모르니 수색작업을 그만하라는 지휘관의 말이 있었지만, 그 안에 누군가 있을지도 모른다는 주변인의 말에 뛰어들어갔다. 잠깐 사이 임시가옥이 눈앞에서 사라졌다. 벽이 무너져 잔해에 덮였다. 그날 준기는 건물이 무너진다는 위험보다 구조 작업이 먼저였을 것이다. 어쩌면 내가 꾸던 꿈처럼 화마를 마주한 채 그 속으로 자신을 밀어 넣었는지도 모른다. 인명구조를 위해 어둠을 더듬으며 검게 그을린 얼굴을 떠올렸으리라. 구조를 바라는 사람에게 손을 뻗고는 이내 유해라는 사실을 알게 된 그날을 기억했을지도 모른다. 걸음이 더뎌지고 빠져나가야 한다는 판단이 느려졌을 것이다. 위태롭게 흔들리는 벽을 마주하고도 누군가를 구조하지 못한 채 몸을 피해 빠져나오는 일은 용납할 수 없는 일이었다. 그곳에 있을지도 모른다는 사람은 불이 옮겨붙기 전에 이미 탈출한 뒤였으나 준기는 알지 못했다.

창밖으로 눈길을 두었다. 품이 커 보이는 베이지색 코트 위로 회색 머플러를 두른 수연이 바쁜 걸음으로 이곳을 향해 걸어오고 있었다. 곧고 바른 자세가 빠른 걸음 탓인지 흐트러져 보였다. 나는 고개를 돌리고 잠시 눈을 감았다. 눈을 감는 일조차 외면하는 것으로 여겨진다. 좀 더 빨리 구조하러 들어갔다면 준기를 살릴 수 있었을까.

꼭 살리고 싶었다. 살아야 했다. 비상소집이 해제되고 귀소 명령이 날 때까지 나는 누군가의 가슴을 압박하고 있었다. 언젠가 수연이 나의 가슴을 압박할 때를 기억했다. 어떤 이는 자신을 살리려는 구조원의 절실함에 의식이 돌아올 수도 있지 않을까, 라는 생각을 했었다. 무너진 곳으로 뛰어가다 넘어질 때까지도 나는 임시가옥에 사람을 구조하기 위해 들어간 대원이 준기인지 몰랐다.

카페 안으로 서둘러 들어오는 수연이 보였다. 작은 몸이 지친 듯 웅크린 자세였지만, 수연은 나를 보자마자 환하게 웃으며 반겼다.

오빠 많이 바쁠 텐데 어떻게 왔어?

보고 싶어서. 궁금도 하고. 잘 지냈어?

요즘 봉사활동 해. 보육원 아이들이 간단하게 해 먹을 수 있는 요리 가르쳐주고 있는데 굉장히 즐거워. 퇴소 후에 애들이 잘 안 챙겨 먹거든. 할 수 있는 게 있으면 그래도 좀 낫겠지.

이야기하며 칭칭 감긴 목도리를 풀었는데 정전기가 일어 수연의 단발머리가 나비 모양이 되고는 했다.

그랬구나. 보람 있겠네.

두 마을을 잇는 다리 앞에서 어린 수연이 한 말이 문득 입에 머물렀다. 그랬구나.

아이들이 이거 만들어줬어. 소방관이 입던 방화복으로 만든 가방이래.

에코백을 활짝 열어 방화복의 외피 재질로 보이는 가방을 꺼내 보이며 말을 이었다.

그 또래 아이들이 제일 궁금해하는 게 사랑인 듯해. 아이들이 보채길래 내 사랑 이야기를 해줬거든. 남자친구가 방화복 슈트를 입고 불 속에서 사람들을 구조했다고. 정말 멋진 사람이라고 했어. 그랬더니 아이들이 그러더라. 선생님이 좋아하는 아이언맨이네요.

수연이 착한 아이들 표정과 말투를 흉내 내며 웃었다. 수연을 바라보았다. 내가 늘 떠올리던 얼굴이었다.

준기와 함께 출동한 화재현장에서 무너진 잔해에 갇힌 적이 있었다. 낮은 포복으로 준기를 찾으며 건물 기둥 사이 입구

쪽을 향했다. 매캐한 연기와 어둠뿐인 곳에서 이십 킬로그램이 넘는 장비와 방화복의 무게를 느꼈다. 몸을 움직이기 어려울 만큼 힘이 소진되었고 뜨거운 헬멧과 면체 안으로 흐르는 땀 때문에 앞이 제대로 보이지 않는 상황이었다. 죽을 것 같았지만, 준기를 찾아야 했다. 누워 있는 사람의 형체가 어렴풋이 보여 손을 뻗었는데 뭔가 닿는다는 감각만 있을 뿐, 아무것도 잡히지 않았다. 캄캄한 연기 사이로 피부 아래 혈장이 고여 있는 게 보였고 절대로 살릴 수 없다는 것을 알았다. 방화복을 입고 있지 않았으니 준기일 리가 없는데 나는 그가 준기가 아니길 바랐다.

나라는 인간이 그랬다. 그 후, 나에게 분노가 치미는 날이 이어졌다. 다른 동료이길 바란 것도, 모르는 누군가이길 바란 것도 아니었다. 단지 준기가 아니길 바라고 바랐다. 임시가옥에 들어가 구조 작업을 하다 심각한 중화상을 입은 대원이 준기라는 사실을 알았을 때 내게 수연의 얼굴, 목소리, 수연의 웃음소리가 다가들었다. 인공호흡도, 심폐소생술도 할 수 없었다. 너무 늦어서. 꿈이라고, 제발 꿈이길 바랐다. 탄내 가득한 곳에 수관 없이 뛰어들어간 꿈처럼. 사람을 구조하러 가서는 들것을 가져오지 않아 응급환자를 신속하게 이동하지 못했던 적도 있고 사후강직이 오래된 사람의 가슴을 압박하는 꿈을

꾼 적도 있었다. 화재신고를 받고 출동한 펌프차에 물을 채우고 오지 않았음을 뒤늦게 확인하거나 물은 가득한데 방수압을 올리지 못해 소화 호수가 화점까지 닿지 않는 일도 있었다. 조급증에 깨어나는 새벽이었다. 방금 눈을 떴는데도 눈길이 이리저리 흔들리고 호흡이 가빠왔다. 그런 나쁜 꿈이길 바랐다. 꿈이 아니라면 나는 감당할 수 없을 것 같았다.

    테이블 아래 내려두었던 상자가 다리에 닿았다.
    이거. 일반 마트에도 있더라.
    수연의 눈이 동그래졌다. 받아들면서 포장을 열어 레이블을 확인했다.
    어제의 눈물. 나도 기억하고 있었어.
    그날 우리가 한 이야기 기억해?
    기억해. 준기 씨가 눈물을 너무 많이 마신 탓인지 목이 아프다고 했어. 그러고는 시인처럼 말했던 거 같아. 어제의 눈물을 마시는 오늘에 관해.
    어제 흘린 눈물을 마시고 있다는 생각이 든다고 했다. 어제의 눈물을 마시는 지금은 울지 않는다고. 다만 그날의 눈물을 기억한다고. 잠시 말 없는 사이 빈 잔을 오늘의 눈물로 채웠다. 잔을 들고 누가 그런 말을 했는지 기억할 수 없지만, 어제의 눈물에 울기 없기, 라는 건배사를 했다.

요즘은 잠을 좀 자니?

수연에게 물었다.

자려고 노력해. 사람들은 내가 불행을 잘 견뎌내길 바라. 그런데 불행은 잘 견딜 수 없어. 그냥 겪는 거야. 힘들고 아파. 다들 그렇게 겪는 거야.

너무 늦었어. 내가 너무 늦게 갔어.

죄책감은 느끼지 않았으면 해. 오빠는 그 시간에 다른 누군가를 구하고 있었어. 최선을 다한 거야. 예전에 나를 구한 것처럼. 형을 구할 수 있는 시간이었을 텐데.

누군가를 구조하는 동안 누군가를 잃었다. 구조원은 그 사실을 잊지 않는다. 잡아주지 못한 손만을 고집하여 기억한 탓일까. 수연의 말에 이제야 그곳의 장면이 떠올랐다. 가스버너의 폭발로 집의 유리창이 깨져 사방에 떨어지고 커튼에 불이 옮겨붙고 있었다. 쓰러져 있는 형을 놔둔 채 나는 의식이 없는 수연을 부축해 데리고 나왔다. 수연이 집을 나갈 때 챙기지 못한 신발을 찾으러 일주일 만에 온 날이었다. 형과 나는 실험 과제를 하고 있었는데 궁금했던 모양인지 수연이 내 곁으로 다가왔을 때 일이 벌어졌다. 형은 스스로 일어나 집 밖으로 나올 줄 알았다. 골목 어귀에 수연을 내려놓고 허둥지둥 가슴을 압박했다. 중학교 소방교육시간에 배운 심폐소생술을 했다. 제대로 하고 있는지 확신할 수 없었지만 간절함은 분명했다. 수연이 거의 감은 듯 뜬 눈으로 내게 말했다. 오빠, 나 괜찮아. 그제야 집에서 빠져나오지 못한 형을 떠올렸다.

창 너머 어디선가 떠들썩한 아이들 소리가 들렸다. 근처 초등학교에서 코스프레 행사를 하는지 동물 인형 탈을 쓴 한 무리의 아이들이 지나갔다. 아이들 소리가 들리지 않을 때까지 나와 수연이 가만히 창밖을 내다보았다.

배고프다. 이상해, 배가 자꾸 고파.

맛있는 밥 먹으러 가자.

우리 사케집에서 한 대화 중에 가끔 떠올리는 얘기가 있어. 그날 오빠가 이런 얘길 했다. 사람이 가지지 못한 기능이 많은데 동물이 가진 기능 중 한 가지를 가질 수 있다면 뭘 갖고 싶냐고.

내가 그런 질문을 했어?

오빠는 날개를 가지고 싶다고 했어.

아, 이제 기억난다.

나는 아가미라고 했어. 물고기처럼 물속에서도 숨을 쉬고 싶었거든.

맞아. 그랬어.

준기 씨가 뭐라고 했는지 알아? 나, 혼자 그 생각하며 종종 웃는다.

준기는 뭐라고 했을까.

엉뚱하게 꼬리라고 했어. 꼬리가 있으면 상대를 안심시킬 수 있다고. 나 지금 괜찮아. 기분 좋아. 재밌어. 반가워. 행복해. 말로 표현하지 않아도, 표정을 꾸미지 않아도 사람들이 마음을 알 수 있을 테니까. 무표정하거나 화가 난 표정을 지어도 꼬리가 있으면 진심을 알릴 수 있다고 그랬어.

우리가 그런 대화를 했었구나. 이제 기억나. 그 말끝에 준기가 일어나 엉덩이를 흔들었어. 맞지?

맞아. 그랬어. 그런데 얼마 후 준기 씨가 마음이 바뀌었다는 거야. 코를 가지고 싶대. 탐지견의 코처럼 뛰어난 후각을 가지고 싶다고 했어. 구조가 필요한 사람을 빨리 찾을 수 있으니까. 인명 구조할 때 탐지견의 활약이 얼마나 대단한지 대견하고 존경스럽다면서.

나도 그랬는데. 준기도 그런 생각을 했구나.

나와 수연이 잠시 웃었다.

어제의 눈물을 마시며 우리는 계절에 관한 이야기도 했을 것이다. 기다리기만 하면 되는 것이 당연하고 참 쉬운 일이어서 염치없게도 고마운 마음이 든다고 준기가 그랬다. 창가 옆에 담을 넘어 넘실넘실 피어 있는 개나리 사진이 보였다. 그 배경으로 초록색 패딩 속에 파묻힌 수연의 얼굴도 봄빛이었다.

퇴근길이라 지하철에 사람이 많더라. 그런데도 바로 앞에 자리가 나서 앉아 왔어.

수연이 가방을 주섬주섬 챙기며 말했다.

예전엔 누군가 앉았던 자리에 앉으면 기분이 이상했거든. 불편하고 싫었어. 엉덩이에 느껴지는 그 온기가 말이야. 그런데 요즘은 그게 느낌이 달라. 따뜻해.

수연의 입김이 보였다. 추운 겨울은 아니었는데 올올이 풀어지는 입김이 우리의 대화 안으로 들어와 있고는 했다. 그날 준기의 말대로 기다리기만 하면 봄이 올까. 정말 추운 날이 아닌, 그런 하루하루가 지나가면.

발문

상처와 슬픔을 사색하는 시간

장두영(문학평론가)

유희란 소설집 『그는 사랑했습니다』에 수록된 여섯 편의 작품은 상처와 슬픔에 관한 깊은 사색의 결과물이다. 이런 테마는 앞서 출간한 소설집 『사진을 남기는 사람』에서도 섬세하게 다루어진 바 있으나, 이번 소설집에서는 가히 집요함이 느껴질 정도로 그 심도와 밀도가 한층 더해졌다. 소설집 곳곳에서 발견되는 상처와 슬픔에 관한 작고 단단한 반짝임은 이제 작가적 인장이 되어가는 듯하다.

상처와 슬픔에 관한 이야기의 한복판에는 고통받는 사람이 있다. 이번 소설집에 나오는 인물 대부분은 현재 이혼, 실직, 질병 등으로 고통을 겪거나 어린 시절 받은 상처나 트라

우마의 잔영에 시달린다. 하나같이 그들은 누군가의 도움이나 동정 없이 홀로 슬픔에 잠겨 있다. 그렇다고 해서 그들이 펑펑 슬픔의 눈물을 흘리거나 자신에게 상처를 준 사람을 원망하는 것도 아니다. 그저 내면으로 침잠하여 자신의 슬픔을 하나씩 헤아리고 쓰다듬을 따름이다.

*

 유희란의 소설에 나오는 인물들은 대개 말수가 적은 편이다. 가까운 친구나 가족들에게도 자신의 속마음을 쉽게 드러내지 않는다. 그들은 사람들의 무리에 끼어 고독을 깨트리고 위로를 얻으려는 노력을 전혀 하지 않는다. 그저 혼자서 밀린 설거지를 묵묵히 하거나 낡은 재킷을 재활용 수거함에 넣는 것 같은 일상적인 일에 몰두한다. 내향성이 지나치게 강한 그들은 얼핏 대인관계에서 다소 어려움을 겪고 있는 사람처럼 보이기도 한다.

 텅 빈 집에서 얼룩을 관찰하는 「그 한 가지」의 주인공 준수도 그런 인물 중 하나다. 세입자가 이사를 나가고 집을 돌아보던 준수는 여러 곳에서 사람이 남긴 것으로 보이는 얼룩을 발견한다. 그러나 그는 집을 험하게 쓴 세입자에게 따져 묻고 손해배상을 청구할 만큼 똑 부러진 사람이 못 된다. 그는 수리비를 얼마 내놓으라고 할지 고심하는 것이 아니라 얼룩 이야기 자체를 꺼내야 할지 말아야 할지 고민하는 인물이다. 마음이 여리다고 해야 할까, 그는 그저 왜 그런 얼룩이 생기게 되었을지를 생각한다. 사람이 살던 흔적인 얼룩을 들여다보면서 그 집에 살던 사람들의 생활도 짐작해본다.

상처로 인한 흉터도 일종의 얼룩이다. 벽에 남은 얼룩을 들여다보는 일은 어린 시절 가정 폭력으로 인한 불행을 떠올리는 일과 겹친다. 어린 아들에게 같이 죽자고 했던 어머니의 절박함, 학대하는 아버지를 향한 두려움 같은 것이 아직도 그의 마음속에 선명히 남아 있는 상처의 얼룩이다. 또 얼룩을 들여다보는 일은 이별한 여자친구 은하와의 시간을 되돌아보는 일과도 겹친다. 결국 이별로 귀결되어버린 수많은 얼룩이 있겠지만 발가락에 내리는 따뜻한 햇살과 같은 기억 '그 한 가지'도 사랑의 기억, 곧 얼룩이다. "준수는 뒤통수가 납작해지도록 기대앉아 은하와 나누던 대화를 기억하고 싶었다. (...) 이따금 나를 신뢰할 수 없는 시간이 온다고. 그 시간엔 쭈그리고 앉아 얼룩을 지우고 있었다고." 어쩌면 따뜻한 대화가 어두운 얼룩을 지우는 도구가 될 수 있겠다 싶은 희망이 작지만 단단하게 반짝이는 대목이다.

「사소한 일」 역시 오래된 얼룩을 다룬다. 오랜만에 방문한 친구 아영과의 어색한 만남과 술 한잔, 그리고 의도치 않은 취기로 가슴 깊은 곳에 있던 상미의 오래된 얼룩이 다시 들추어진다. 엄마와 아빠가 집을 나가고 할머니와 단둘이서 셋방에 쪼그리며 살았던 어린 시절의 상미는 그저 행복하게만 보이는 집주인 딸 아영을 복잡한 심경으로 볼 수밖에 없었다. 아직 슬픔을 이해하기보다는 부끄러움에 더 예민하던 시절, 아영이 빌려준 책 『작은 날개 달린 새』는 어린 상미에게 슬픔을 맛보게 해주었다. 아영이 읽는다는 『영혼을 위한 닭고기 수프』 같은 책을 읽을 마음의 여유가 자기에게는 없다는 사실, 자기는 작은 날개라서 더 빨리 더 세차게 움직이는 삶을 살 수밖에 없다는 사실을 깨닫고서 아이는 상처와 불행을 처음으로 실감했으리라.

「어제의 눈물, 그로부터」는 '나'에게는 친한 동료, 수연에게는 결혼식을 두 달 앞둔 남자 친구 준기의 죽음으로 인한 상처를 다룬다. 그로부터 일 년이 지났지만, 그때 흘린 눈물은 마치 '어제의 눈물'처럼 생생하기만 하다. 여기에 더하여 어린 시절 생긴 오래된 얼룩도 지우기 힘든 상처로 남아 있다. 더구나 '나'에게 상처는 슬픔뿐만 아니라 죄책감이라는 무거운 고통까지 함께 안겨준다. 이에 수연은 이렇게 말한다. "사람들은 내가 불행을 잘 견뎌내길 바라. 그런데 불행은 잘 견딜 수 없어.

그냥 겪는 거야. 힘들고 아파. 다들 그렇게 겪는 거야." 일 년 전 '어제의 눈물'을 함께 마시던 준기는 기다리기만 하면 당연하게도 계절이 바뀌는 것에 고마운 마음이 든다고 말했다. "정말 추운 날이 아닌, 그런 하루하루"를 살아내면서 불행을 겪어낸다면 창문으로 스며드는 따뜻한 햇살 같은 봄이 올 수도 있다는 작은 믿음이 우리의 마음을 어루만져주는 작품이다.

'하루를 살아낸다'라는 것은 「괜찮다고 대답한다」의 테마이기도 하다. 명색은 '희망퇴직'을 신청한 것이고, 낡은 재킷을 재활용 수거함에 집어넣은 것이지만, "버렸다기보다는 잃어버린 기분을 떨치기 어려워" 마음은 허허롭기만 하다. 치매에 걸려 웃기만 하는 어머니와 늘 미안한 마음을 불러일으키는 아내의 존재는 옹색하고 구차한 '나'의 일상을 더욱 두드러지게 한다. 여기에 오래된 얼룩도 얹힌다. 아버지가 돌아가시게 된 교통사고 당시 운전대를 잡고 있었다는 죄책감은 안개처럼 '나'를 둘러싸고 있다.

이 작품에서도 불행과 상처는 회피하거나 극복하는 것이 아니라 그저 '견디는 것'이다. 친구 녀석과의 하나 마나 한 대화, 친구가 "괜찮냐?"라고 물으면 늘 하던 대로 괜찮다고 대답한다. 그러나 앞으로 어떻게 해야 하는지, 무엇을 버리고, 무엇을 바라며 살아야 할지 혼란스럽기만 하다. 하지만 돌아가신 아버지와 나누었던 따뜻한 대화가 잠깐 떠오르는 순간 "나는 살아내고 싶다"라는 의지가 여전히 남아 있음을 스스로 확인한다. 그래서 이번에는 '나' 스스로 "괜찮아?"라고 묻는다. "나는 괜찮다고 대답한다." 설령 괜찮지 않아도 상관없다. 적어도 '살아내겠다', '겪어내겠다'라는 작은 다짐이 꺾이지 않는 한 언젠가는 진짜 괜찮아질 것만 같기 때문이다.

물론 견디지 못하는 때도 있다. 불행의 한계에 내몰린 「천 개의 마리오네트」에서는 애써 누르던 슬픔이 결국 터져 나온다. '나'에게는 자기의 책임과는 무관한 무수한 불행들이 밀려온다. 비단 엄마의 사라짐이나 아버지의 병고뿐만 아니라 직장 내에서 가해지는 전무 부인과 실장의 압박도 한몫한다. 바닥에 가라앉은 줄 인형 마리오네트처럼 수십 개의 링거 줄에 매달린 채 병실 침대에 축 늘어져 있는 아버지를 볼 때면 느끼는 복잡한 감정, 아버지가 죽고 싶지 않다고 말해야 힘이 날 것 같지만 동시에 그렇게 말할까 봐, 그래서 나의 고통이 계속될까 봐 두려워하는 '나'의 모습은 이러지도 저러지도 못하는 영락없는 마리오네트이다. 가끔 벗어놓은 가면에서 웃는 것 같기도 하고 우는 것 같기도 한 '조커'의 얼굴을 마주하게 되는 것은 그러한 이중적인 감정과도 관련이 있다.

결말에서 '나'는 그동안 쓰고 있던 가면을 벗어버리고 마음

속에 쌓아두었던 울분과 항의의 언어들을 거침없이 쏟아낸다. '나'는 너그러운 상사이자 필요한 충고를 해주는 인생 선배 가면을 쓴 실장에게 예의 바른 부하직원의 가면을 벗어던지고서 이렇게 말한다. "이럴 땐 제가 어떻게 해야 하는지 모르겠어요." 조커 가면을 쓰고 있던 '나'는 긴급히 출동해서 어디로 가야 하는지 몰라 당황해하는 악몽을 꾸는 「어제의 눈물, 그로부터」의 '나'나 지금 해야 할 일이 무엇인지 몰라 혼란스러워하는 「괜찮다고 대답한다」의 나와 비슷한 처지에 놓여 있다. 다만 막 달리고 싶다는 욕구가 외부로 폭발한 것일 뿐이다. 직진만 하는 노루처럼 거침없이 달려 나가고, 날아오르기가 어려운 새처럼 도약할 때까지 걷고 또 걷고 뛰고 또 뛰어나가는 '나'의 모습은 너무나 연약하여 더 큰 상처를 입게 되지나 않을까 싶은 마음에 안쓰럽기가 그지없다.

 표제작인 중편 「그는 사랑했습니다」는 이번 소설집에 수록된 다른 모든 작품의 테마와 분위기, 리듬감 등을 한군데 집결시키는 작품이다. 이때의 집결은 단순히 양적인 종합을 의미하는 것은 아니다. 유희란 소설 세계 전체를 관통하는 상처와 슬픔에 관한 테마가 이 작품에서 특히 풍부하게 펼쳐져서 감정의 세부 빛깔들이 다채로운 반짝임을 발휘한다. 내면으로 깊게 침잠하여 사색하는 인간형의 탐구도 이 작품에서 송경원이라는 개성적인 인물로 구체적 형상을 획득하는 데 성공하였다. 또 이혼의 결심이라는 다분히 상투적인 소재를 가져와 플롯을 풀어내는 방식에서도 자극적이거나 무리한 전개가 아니라 충분히 주인공이라면 '그럴 수밖에 없었으리라' 싶은 설득력을 보여준다.

유희란의 소설을 따라 읽는 시간은 다른 작가의 작품에 비해 더디기만 한데, 그중에서도 「그는 사랑했습니다」는 그 정도가 한층 더하다. 서술이 사건의 전개보다는 감정 흐름의 변화와 그 진폭의 헤아림에 더 집중하는 탓에 감상을 위한 정서적 에너지가 더 많이 소모된다. 근본적으로는 한 인물의 내면에서 일어나는 심리적 갈등과 감정적 소용돌이에 서술의 비중이 크기 때문이라 할 것인데, 인물의 행동은 물론 여러 인물의 행동으로 빚어지는 외부적 사건의 분량이 현저히 적은 대신 주인공 경원의 흔들리는 생각을 옮기는 분량이 상대적으로 많은 데서도 확인된다. 특히 유희란 작가의 문체적 특징이기도 한데, 대화와 생각을 인용할 때 인용부호와 인용표지를 사용하지 않는다. 서술자가 경원의 생각을 옮기는 간접 인용의 방식인지 경원의 생각을 그대로 옮긴 직접 인용의 방식인지의 구분이 모호한 자유간접화법에 가까운 서술로 인해 작품에서 느껴지는 내향적인 속성은 더욱 강화된다.

이 작품에서는 경원이 무언가 말을 하지 못하는 상황이 빈번히 반복된다. 경원은 누군가와 대화할 때 하고 싶은 말과 하고 싶지 않은 말을 생각하곤 한다. "단지 나보다 그 남자를 더 사랑했냐고 그런 거냐고 묻고 싶었지만, 그 말은 정말 하고 싶지 않은 말이었다." "나 아파. 죽을 것처럼 아파. 오빠 때문이야. 어쩔 거야. 재민에게 물어보고 싶었다." 그녀의 신중한 성품 때문일까, 격렬하게 끓어오르는 감정을 애써 눌러야 하기 때문일까. 가끔 복잡하게 이어지는 생각 때문에 말이 엉켜 대화의 상대방에게 실언처럼 흘러나오는 일부 예외를 제외하고, 대부분은 하고 싶은 말이든 하고 싶지 않은 말이든 그녀는 아무 말도 하지 못한다. 남편 재민에게도 말을 하지 못할 뿐만 아니라 친구, 시아버지, 시누이에게도 남편의 애인에 관해서, 또 자신의 종양에 관해서 끝까지 입을 다문다.

경원이 함구한 말은 이 작품이 반복적으로 활용하는 독특한 어법을 통해 서술된다. "치료나 절제 수술이 필요한 순간이 오더라도 가슴은 지키고 싶다고 말하지 못하고 진료실 밖으로 나왔다." 무언가를 말하고 싶었지만 '~라고 말하지 못했다'라고 서술함으로써 경원이 속으로 삼킨 말은 서술자에 의해 독자에게는 전달되고, 그 말은 '말하지 못했'기 때문에 소설 속 다른 인물의 귀에는 닿지 않는다. 경원의 마음을 이해하고, 그녀의 원망과 슬픔을 목격할 수 있는 존재는 오직 독자뿐이다. 작품 속 인물 경원과 독자 사이의 견고하고도 묘한 공감대를 형성하는 문체라는 것이다.

또 이런 문체의 서술은 줄곧 내면을 향하는 경원의 인물적 속성과도 연결된다. 겉으로 드러내지 않고, 계속해서 주저하는 인물의 속마음이 약간 드러났다고 하더라도 그것은 극히 일부분에 지나지 않을 것이라는 생각, 그래서 그녀가 느끼는 슬픔은 문장으로 표현된 것보다 더 광범위하고 깊을 수밖에 없으리라는 의미가 만들어진다. 이는 마치 경원이 조직 검사 때 가슴 통증을 느끼면서도 내색하지 않았던 것과도 연결된다. 내색하지 않는다고 통증이 없는 것이 아니듯 내색하지 않는다고 슬픔이 없는 것은 아니다. 검사 이후에도 잠시 잊고 있던 통증이 찾아오기도 하고, 가슴 부위에 멍이 넓게 퍼져 있는 것을 정원이 몇 번 확인하기도 하는데 내색하지 않은 그녀의 슬픔이 상당히 오래갈 것임을 암시한다.

한편 경원과 남편 재민 중 더 과묵한 인물은 경원이 아니라 재민이라는 점은 짚고 넘어갈 필요가 있다. 두 사람의 대화는 건조하고 삭막하기만 하다. "좀체 속을 내보이지 않는 대화"가 반복될 뿐이다. 경원이 재민에게 애인이 있다는 사실을 알기 전에도 "말은 경원이 훨씬 많이 했다." 그런 남편을 그저 감정표현이 부족한 사람이라 여기고 때로는 그런 과묵함마저 좋아했던 사랑의 시절이었다. 그러나 그와 그의 애인이 나눈 문자 내용은 정반대를 가리킨다. 남편 재민은 애인 종수에게 시시콜콜한 것을 다 털어놓고 있었고 감상적인 애정 표현도 능한 사람이었다. 실상 그들이야말로 '뒤통수가 납작해지도록'(「그 한 가지」) 대화를 나누었던 셈이다. 그들은 날마다 서로 '괜찮냐?'고 묻고 '괜찮다고 대답'(「괜찮다고 대답한다」)했던 것이다. 경원과 남편 사이에는 극단적으로 대화가 부족하지만 그와는 정반대로 남편과 그의 애인 사이에는 얼마나 따뜻한 대화가 오고 갔는지 그들의 대화 내용이 반복적으로 제시된다. 남편은 과묵한 성격이 아니라 처음부터 애정이 부족했기 때문임을 경원은 비로소 알게 된다.

경원은 다정한 대화가 오가는 남편과 그의 애인 사이를 그다지 질투하지 않는다. 그들을 향한 분노와 원망도 어느덧 사라졌다. 남은 것은 경원 자신이 처한 불행의 근원을 되돌아보는 일이다. 일종의 복기 작업에 해당한다. 어디서 패착이 있었는지, 그것이 얼마나 큰 실수였는지를 확인하는 일. 그리고 그러한 복기의 작업을 통해 불행으로 인해 내가 이렇게 아파하고 있었구나라는 사실을 비로소 들여다보게 된다. 병원에서 검사하고 나서 '가슴 안에' 종양이 있음을 알게 되었듯, 삶의 복기 작업을 통해 진실을 마주하게 되면서 '가슴속에' 제법 큰 얼룩이 있음을 인정하지 않을 수 없게 된다. 그 얼룩은 생각보다 오래전부터 그 자리에 있었다.

이렇게 본다면 「그는 사랑했습니다」는 주인공 경원이 자신의 상처와 슬픔을 받아들이는 과정에 관한 이야기다. 고통이라는 증상을 인지하는 과정이다. 작품에서는 그런 증상을 일으킨 질병의 기전, 이를테면 재민과 그의 애인에 관한 부분에 관해서는 과감하게 축소·생략한다. 또 질병의 경과와 예후, 경원과 재민이 서로 싸우고 헤어지는 과정이나 이혼 후의 삶 등에 관해서도 무관심하기는 마찬가지다. 작품이 집중하는 것은 고통받고 있는 환자 곧 경원의 입장에서 '나는 이렇게 아프다'라는 말이 터져 나오는 과정이다. 당연히 그 말은 작품 속 다른 인물에게는 아무에게도 발설하지 않았으며, 오직 독자 앞에서 그리고 자기 자신을 향해 울려 퍼지는 소리 없는 통곡이다.

하늘에서 하얀 눈발이 날려오는 결말이 펼쳐진다. 시아버지와 마지막 작별 인사를 나누고, 머지않아 친구와도 작별하게 될 것이며, 어쩌면 경원 자신도 친구와 같은 길을 가게 될지 모르는 상황이다. 아마도 이제 눈이 막 내리기 시작했으니, 앞으로 불행은 더 악화되고, 상처는 더 깊어지고, 슬픔은 더 오래도록 이어질 것만 같다. 그러나 경원은 "잠시만 덮어두자고 생각했다." 그녀의 생각이 겪어내겠다, 살아내겠다는 다짐으로 이어지기를, 그래서 씩씩하게 지내다가 나중에 그에게 아직 하지 못한 작별 인사도 하고, 한때는 그를 사랑했었노라고 담담하게 말할 수 있게 되기를 바란다. 가닿기에는 너무나 아련한 소망이기에 슬픔은 더욱 깊어만 간다. 이에 「그는 사랑했습니다」는 상처와 슬픔이 빚어낸 아름답고도 단단한 반짝임이 된다.

*

유희란 소설에서는 밑줄 치고 싶은 문장들이 빈번히 나온다. 가령 「괜찮다고 대답한다」에서 "누군가의 진심을 헤아린다는 건 모험이 따르는 일이니까." 같은 문장이다. 찬찬히 음미하다 보면 누구라도 자기 자신에게 비슷한 두려움 한 조각이 있지 않나 한 번쯤 돌이켜 생각하게 되리라. 아무리 무디고 무덤덤한 사람이라도 누군가를 잘못 파악하고 그로 인해 그 누군가에게 상처를 주지나 않을까 싶어 마음이 약해지는 순간은 있기 마련이기 때문이다. 이 문장은 「천 개의 마리오네트」에서 아저씨가 남긴 메모에 나오는 "가장 건강한 마음은 쉽게 상처받는 마음이다."라는 문장과도 연결된다. 이것은 작가 김연수를 인용한 것으로 김연수는 우리의 마음이 약해졌을 때, 그

약한 마음을 통해 세상의 기쁨과 고통에 민감할 수 있고, 서로 하나가 될 수 있다고 덧붙였다. 그렇다면 누군가의 진심을 잘못 파악하지나 않을지 두려워하는 약한 미음 때문에 더욱 세심히 누군가의 진심을 파악하려고 노력한다면 우리는 하나가 될 수도 있지 않을까? 하는 기대가 가능하다.

이번 소설집 『그는 사랑했습니다』에는 대개 약하고 상처받은 마음을 가진 사람들이 나온다. 그들은 마음이 약한 탓에 쉽게 상처받고, 자신의 속내를 털어놓는 것이 어렵고, 오래된 얼룩 때문에 계속 고통을 느낀다. 누군가의 진심을 헤아리는 일이 두려운 나머지 아프고 슬프다고 말하는 것도 주저하고 망설인다. 그래서 그들은 건강하다. 그들은 그런 약함으로 인해 창문을 통해 들어오는 햇살과 뒤통수가 납작해지도록 오랜 시간 대화를 나누는 시간의 아름다움을 느낄 수 있기 때문이다. 또한 그들은 다른 사람에게 '괜찮냐'고 물어보고 '괜찮다'고 대답'하거나 약간의 슬픔을 느낄 수 있기 때문이다. 무엇보다도 그들은 상처와 슬픔이란 겪어내야 하는 것이며, 아무리 슬픔으로 가득 찬 인생일지라도 살아내야 한다는 삶의 의무를 알고 있기 때문이다.

그래서 상처와 슬픔에 관한 깊은 탐색의 결과인 유희란의 소설은 희망을 향한 응원처럼 느껴지기도 한다.

작가의 말

나의 됨됨이를
의심하지 않으며

얼마 전부터 유화를 배우기 시작했다. 소설을 쓰다 실마리가 풀리지 않아 답답해질 때면 붓에 물감을 묻혀 캔버스 위에 덕지덕지 바르고 싶었다. 엉망진창으로나마 내 마음을 표현하고 나면 속이 좀 풀리지 않을까, 그런 기대를 했던 것 같다. 그러나 그림 또한 소설만큼이나 섬세하고 외로운 작업이었다.

밑그림을 그려놓고는 퇴고하지 않은 소설을 누가 볼까 봐 염려했던 것처럼 누가 나의 그림을 볼까 봐 걱정했고 머릿속으로 구상한 소설과 동떨어진 이야기가 펼쳐질 때 곤혹스러웠던 순간을 그림을 그릴 때도 맞닥뜨리기 일쑤였다. 색을 만들지 못해 생뚱맞은 색으로 칠해놓고는 덧칠하기 위해 마르기만을 조급하게 기다렸던 적도 여러 번이다. 그럴 땐 누군가 의아해하며 당신 지금 여기서 뭐 하고 있냐고 물을 것만 같았는데 그런 일은 일어날 리가 없다.

화실에서는 눈길을 돌리면 누구나 다른 누군가의 완성되지 않은 그림을 볼 수 있다. 다들 어마어마한 그림이 되리라고는 생각하지 않아도 어마어마하게 달라지리라는 사실을 염두에 둔 눈빛이다. 그 기대에 미치느냐 미치지 못하냐는 그림 그리는 사람의 관찰력과 혜안과 적지 않은 시간이 필요하다는 점을 고려한다면 끈기와 인내심도 있어야 한다.

너무 오랫동안 앉아 있었지만 완성하려면 아직 멀었다. 내가 경험하는 그림 그리기와 소설 쓰기의 공통점이다. 어쩌면 완성한다는 말은 적절한 표현이 아닐지도 모른다. 그저 본인이 생각하는 완성에 가까워지는 일일 뿐.

소설 쓰는 작업은 나를 보여주는 일이고 나를 드러내놓는 일이라는 말을 실감하고는 한다. 실타래처럼 엉켜버린 꼬인 심사를 들키거나 어떤 부분에 예민해지고 채 아물지 않은 상처가 덧나버리는지 다 보일 지경이니 그 말은 꽤 일리가 있다. 그림도 마찬가지라고 생각되지만, 소설과 다르게 그림 그리는 일이 너그럽게 느껴지는 것은 작품을 이루는 과정에서 그 사람의 됨됨이를 의심하거나 미덥지 않은 구석을 발견하는 일은 없다는 거다. 울고불고하는 것을 싫어하고 과한 감정 표현을 혐오하며 횡설수설 수다 떠는 것을 질색하는 소설과는 사뭇 다른, 그리는 사람을 안심시키는 그림의 면모인 듯하다.

  오늘 아침엔 눈을 뜨자마자 '아침이 행복할 때'라는 제목으로 소설을 쓰고 싶다는 마음이 차올랐다. 그림을 그리듯 소설을 쓰고 싶었던 것인지 쏜쏜 작가의 말도 떠올랐다.

  아침이 행복하다면 당신은 잘 지내고 있는 겁니다. 눈을 떴는데 영문도 모른 채 그 아침이 행복하다면 당신은 최고의 순간을 맞이하고 있는 겁니다. 오늘 해야 할 일들이 할 만하고, 어쩌면 잘할 수 있고 어제를 돌이켜보아도 후회할 만한 일 없고 내일 무슨 일을 할까 계획을 세울 때 기대와 설렘이 느껴진다는 뜻입니다.

  작가의 말까지 생각하고는 내처 어떤 이야기를 쓸지 궁리하다가 어느 날을 떠올렸다. 그 아침이 행복할 때. 그런 아침에는 글이 잘 써지는 것이 아니라 다른 누군가의 글이 잘 읽혔던 것으로 기억한다. 어떻게 그렇게 사람 마음을 깊이 들여다볼 수 있는지 놀라고 사소한 눈길조차 허투루 지나치지 않고 말 한마디 세심하게 골라내는 솜씨에 감탄하고 억지를 부리거나 과장하는 일 없이 독자를 설득하며 끌고 가는 힘에 나는 곧 사랑에 빠져버리고는 했다. 글쓴이를 곰곰이 상상하며 몰입해서 읽어가는 시간도 참 행복했던 것 같다.

나는 네가 글을 쓰는 사람이라서 좋다. 누군가 이런 말을 했을 때 그저 나, 라는 사람이 좋아서 글을 쓰는 나, 라는 사람이 좋다는 말이냐며 서운한 내색을 숨기지 않았지만, 나도 내가 글 쓰는 사람이어서 좋다고 느끼는 아침엔 그 말의 의미를 깨닫는다.

나의 됨됨이를 의심하고 미덥지 않은 구석을 잘 찾아 바라보며 좀 더 괜찮은 사람에 관해 고민하고 있을 때면 아직도 내가 성장하고 있다는 생각이 들고는 했다. 그게 그렇게 마음 좋은 일인지 몰랐다. 아주 천천히 알아버렸다. 매일 마음 좋은 일을 꿈꾸면서 완성한 소설 몇 편을 한 권에 실었다. 아무쪼록 세상 밖으로 나가 정성 어린 선물이 되길 기대한다.

이제는 그림을 그리듯이 그 '아침이 행복할 때'를 구상하고 싶다. 나의 됨됨이를 의심하지 않으며. 작정하고 의심하지 않으려는 외면이 아니라 나를 신뢰하는 까닭이길 기다릴 것이다. 시간이 좀 걸리더라도 완성할 수 있었으면 좋겠다.

동행하는 이들 모두 고맙다. 사랑할 수 있어서 행복하다.

출간을 함께해주신 분들께 감사 인사드립니다. 세심하게

살피며 보폭 맞추어주신 아시아 편집부에 고마운 마음 전합니다. 책을 펴내는 일련의 과정이 제게는 즐거운 시간이었습니다.

발문 써주신 장두영 평론가님 정말 감사합니다. 글을 쓰는 사람이라고 말하면서도 감사하는 마음이 벅차오르면 제대로 표현하기가 어렵습니다. 글은 안 쓰고 무던히 마음만 쓰고 있습니다. 분명한 건, 저에게도 희망을 향한 응원처럼 느껴졌습니다. 저도 응원합니다.

2024년 초가을
유희란

그는 사랑했습니다

ⓒ 유희란

2024년 9월 23일 초판 1쇄 발행

지은이 유희란
펴낸이 김재범
펴낸곳 (주)아시아
출판등록 2006년 1월 27일 제406-2006-000004호
이메일 bookasia@hanmail.net

ISBN 979-11-5662-715-9 03810

*값은 뒤표지에 표시되어 있습니다.
*이 책 내용의 전부 또는 일부를 재사용하려면 반드시 저작권자와 아시아 양측의 동의를 받아야 합니다.